ルミッキ
雪のように白く 2

サラ・シムッカ
訳　古市 真由美

西村書店

VALKEA KUIN LUMI
Salla Simukka

Original edition published by Tammi Publishers

Japanese edition published by agreement with
Tammi Publishers and Elina Ahlback
Literary Agency, Helsinki, Finland and
Japan UNI Agency, Inc., Tokyo, Japan

Printed and bound in Japan

目次

6月16日 木曜日 5

6月17日 金曜日 未明 31

6月17日 金曜日 41

6月18日 土曜日 未明 63

6月18日 土曜日 85

6月18日 土曜日 深夜 131

6月19日 日曜日 143

6月20日 月曜日 201

6月23日 木曜日 247

6月16日

木曜日

1

あたしが幸せなのは雨が降っているときだけ。

女性ヴォーカリスト、シャーリー・マンソンの歌声が、耳からルミッキの体の中に流れ込んできた。アメリカのロックバンドのヒットナンバーだ。悲しい歌ばかり好んで聴いて、暗黒の夜に安らぎを見いだし、悪い知らせが大好きだと歌う曲。

ルミッキの頭上の空は雲ひとつなく晴れ渡り、太陽がぎらぎらと照りつけていた。摂氏二十八度という暑さのせいで、汗が背中を流れ落ちていく。腕も、すねも、湿っている。手の甲をなめたら塩の味がするだろう。サンダルのひもの一本ずつがうっとうしく感じられる。足も、足の指も、自由になりたがっているようだ。

ルミッキは石造りの塀にひょいと腰かけると、サンダルを脱いで両足とも塀の上に乗せ、むきだしの指先を動かした。するとその様子を日本人観光客のグループがまじまじと見つめてきた。若い女性たちは小声で笑い合っている。

あの人たち、はだしの足を見たことがないのだろうか。ハローみなさん、わたし、ムーミンの国から来ました。ムーミンだって、はだしで歩いていると思うけど。

6月16日 木曜日

雨は降っていない。この五日間、雨は降っていなかった。

あたしが幸せなのは雨が降っているときだけ、か。シャーリーと心を合わせて歌うことはできないと、ルミッキは思った。うそをつくことになるから。太陽が輝いていて、幸せだと感じる。ややこしい話は、好きではない。物事がうまくいかなかったら、うれしくない。シャーリーは好きなだけ暗い気分に浸っていればいい。音楽を止めると、ルミッキの耳に観光客のざわめきがどっと流れ込んできた。

イタリア語、スペイン語、アメリカ英語、ドイツ語、フランス語、日本語、ロシア語……。まざり合った言葉の渦から、ひとつひとつの単語や、まして文章を聞きとるのは難しかった。それが幸いだともいえる。おかげで、いうまでもないことを繰り返す無意味な会話に注意を払わなくてすむからだ。ここにいる人々のほとんどがどんな言葉を口にしているのか、ルミッキは正確に理解していた。

――なんてすごい景色！

実際、そのとおりだった。反論の余地はない。このプラハ城からは、チェコの首都プラハを一望する絶景が広がっているのだ。赤煉瓦《あかれんが》の屋根、緑豊かな木々、教会の尖塔《せんとう》、いくつもの橋、太陽の光にきらめくヴルタヴァ川。この街の風景を目にすると、ルミッキは息が止まってしまう。五日が過ぎたいまもなお、目の前の景色に飽くことがない。街の姿を見たい、いいようのない幸福を感じたい、ただそれだけのために、毎日どこか高いところへ足を運んだ。

それはある種の、自由と解放感と孤独のもたらす幸福なのかもしれなかった。ルミッキはいま、完全に自分の力だけで行動している。借りのある相手はひとりもいない。しょっちゅう電話をかけてくる人も、予定を教えろとうるさい人もいない。しなければならないことは、なにもない。秋から始まる高校の最終学年での勉強や、夏の後半にするかもしれないバイトのことは、フィンランドに帰ってから考えればいい。いまここに存在するのは、ルミッキ自身と、焼けつく暑さと、歴史が深々と息づく街、それだけだ。

今日は六月の十六日。ルミッキがプラハで過ごせる日々は、まだ一週間残っている。その後は、パパのほうの親戚《しんせき》たち——フィンランド人でもスウェーデン語を話す人たちだ——と伝統的な夏至祭を祝うため、フィンランドへもどらなくてはならない。今年の夏至祭は、フィンランド南西部の都市トゥルクの沖、海に散らばる島々のひとつで迎えることになっている。パパの口ぶりが、当然ルミッキも来るものと決め込んでいる様子だったので、行かないとはいえなかったのだ。

べつに予定はないんだろう？　友達同士でコテージを借りているとか？　特別な相手と特別な計画を立てているとか？

そういうものは、なにもなかった。ルミッキの本音としては、夏至祭のときはただ家にいて、ひとりきりで静寂に耳を傾けていたかったのだが。陽気な乾杯の歌も、初物のジャガイモも、ニシンも、興味はなかった。まじめな女子高生の役柄になりきって、微笑《ほほえ》みを浮かべつつ礼儀をわきまえた会話を交わすなんて、耐えられそうもない。将来はどうするの、とか、彼氏はいるのか、などと聞かれては適当に答えるのも面倒だし、血はつながっていないおじさんたちが、やたらと強く抱擁しようとせまってくるのを撃退するのもわずらわしい。

それでも、パパが一緒に来てほしがっていることは、ルミッキにもよくわかっていた。ママもそう思っている。なにしろ、ルミッキが病院に担ぎ込まれたあの出来事から、まだ三か月半しか経っていないのだ。銃で太ももを撃たれたのだが、幸いにも銃弾は皮膚をかすっただけですんだ。それよりも、雪の中に倒れていたことによる凍傷のほうが深刻だった。

ことの発端は、高校の同級生エリサの父親が手を染めていた悪事、そしてエリサの家の庭に投げ込まれた、血染めの紙幣入りのビニール袋だった。警察の薬物捜査官だったエリサの父親は汚職にまみれており、その件に関わったことで、ルミッキは薬物がらみの犯罪に巻き込まれ、謎《なぞ》の人物〈白熊《ヤーカルフ》〉が主催するゴージャスなパーティーに潜入するところまでいったのだ。パーティー会場では、裏社会で知らぬ者のいない伝説の大物〈白熊〉が、実はふたりの女性、一卵性双生児であることが明らかになった。その会場で、ルミッキは〈白熊〉に雇われたロシア人犯罪者ボリス・ソコロフに追われて逃げ、撃たれることになったのだった。

その後、ソコロフとエリサの父は、ルミッキの証言に基づいて鉄格子の向こうへ送り込まれたが、〈白熊〉にはだれも手をだせなかった。冬の終わりに起きたこの一連の出来事の後、ルミッキは決意した。今後はもう、他人の事情には絶対に立ち入らないと。追いかけられ、生きたまま冷凍されかけ、銃で撃たれた。もうたくさんだ。血を見るのはもう、ノーサンキュー。極度の緊張も、滑りやすいアーミーブーツで凍った雪面を走って逃げるのも、二度とごめんだ。

　ママとパパは、しばらくのあいだは、といってルミッキを実家に置いておきたがった。実家はフィンランド南部の小さな都市リーヒマキにある。両親はさらに、高校のあるタンペレ市でルミッキがひとり暮らしをしていた1Kの部屋を、解約したいといいだした。これにはルミッキも抵抗した。春のあいだに新聞配達のバイトをし、稼いだお金を家賃の一部に充《あ》てることで、ルミッキは両親を納得させ、だれも住んでいない部屋を〝万一に備えて〟借りたままにしておいてもらったのだ。それでも最初の数週間、タンペレ市内のタンメラ地区にある1Kにはちょっと立ち寄るのがせいぜいで、再びそこで暮らせる日が来るとはとても思えなかった。ルミッキはしかたなくそれに甘んじ、高校へは実家から百キロほどの道のりを電車で通学した。

　そのうちに、だんだんとタンペレの1Kで寝泊まりするようになり、持ち物を少しずつ運び込んで、ある日、ついに宣言したのだ――今後、リーヒマキの家はたまに訪ねるだけの場所になる。以上。ママとパパはなにもいえなかった。ルミッキはすでに十八歳、法律の上では大人だ。大人になった娘のすることを親が止める方法など、あるだろうか。家賃の支払いは、貯金といくらかの奨学金でまかなうことができた。

　やがて高校が休みに入ると、ルミッキは日常から離れたいと望むようになった。そこで、プラハ行きの航空券を予約し、ネットで手ごろな値段のユースホステルを探し、必要最小限の荷物だけをバックパックに詰め込んで、旅に出たのだ。

6月16日 木曜日

飛行機が離陸した時点でもう、お腹の底に安堵感が広がっていくのを感じた。しばらくフィンランドから離れていられる。重荷に感じてしまう両親の気づかいからも、離れられる。タンペレの路上で黒っぽい服装の男たちを見かけると、いまだにびくっとしてしまうのだが、そんな道もしばらくは歩かなくていい。ルミッキは、これまで生きてきてずっと、恐怖と闘いつづけてきた。恐怖は憎むべき相手なのだ。プラハの空港に着いて飛行機を降りながら、ルミッキは重たい足かせの締めつけが緩むのを感じていた。たちまち背筋がすっと伸び、足に力がわいてきた気がした。

だからいま、ルミッキは幸せだった。だからいま、ルミッキは太陽に顔を向け、目を閉じて、ひとり笑みを浮かべていた。中欧の街の香りを胸に吸い込む。それからバックパックを開け、ポストカードを一枚取りだした。プラハ随一の観光名所であるカレル橋がライトアップされた、夜景の写真のカード。エリサに宛てて、ちょっとなにか書こうと思い立ったのだ。一連の事件の後、エリサは母親ともども名前を変えており、いまの彼女はイェンナと名乗っている。薬物がらみのビジネスの世界は過酷で危険も大きく、身の安全を図るにはそれが最も賢い手段だったからだ。それでもルミッキにとって、エリサはやはりエリサだった。

いまエリサは、母親とふたりでフィンランド北西部のオウル市に住んでいて、ヘアスタイリストを目指して学校に通っている。彼女からは、折に触れて近況を知らせる手紙がルミッキのもとに届いた。服役中の父親の面会に行ったことも、エリサは書いてきてくれた。覚悟していたほどつらい体験ではなかったという。父に会い、言葉を交わすことが、彼女にとっては重要だったのだ。エリサの書きぶりは驚くほど落ち着いていて、以前より少し大人びたように思えた。事件のせいで、彼女もまた成長し、責任を引き受けることを覚えざるを得なかったのだろう。もう、パーティーのプリンセスでも、パパに甘えるかわいい娘でもいられなくなったエリサだが、以前演じていた役柄よりも、いまの姿のほうが彼女にはずっとふさわしく感じられて、意外なほどだった。エリサを取り巻くあれこれがとてもうまくいっていることに、ルミッキは満足している。

今回の旅行を可能にしてくれたのも、実はエリサだった。自宅の庭に投げ込まれた三万ユーロのうち、千ユーロ分の紙幣をルミッキに送ってきてくれたのだ。ルミッキは両親に、旅行の費用は自力で貯めたお金から出した、と説明してあった。貯金があるのは事実だが、エリサからのプレゼントのおかげでそれには手をつけずにすんだ。血にまみれたお金を使ってしまえて、ルミッキはせいせいしていた。血染めの紙幣は、引きだしの二重底に隠しているあいだずっと、じりじりと心をあぶりつけてくるようだったから。

突然、ルミッキの前に影が落ちた。なにかお香のような、ふだんこの街の中には存在しない、強いにおいが漂ってくる。麻の実のオイルを配合したせっけんの香りも、かすかにまじったにおい。ルミッキは目を上げた。すぐそばに、白い麻のパンツと、同じ素材のゆったりした長袖シャツを身につけた、二十歳くらいの女性が立っている。茶色の髪をふたつに束ねて編み、それを冠のようにして頭に巻きつけていた。こちらを見ている灰色の瞳は不安げだ。ブランデー色の革でできた、小さな古びたショルダーバッグを持っていて、その肩ひもを指先がいじっている。

　ルミッキはかすかな苛立《いらだ》ちを覚えた。

　この女性なら、これまでにも二、三度、別の日に見かけている。こちらの様子をちらちらとうかがっているのがわかったが、気づかれていないと思い込んでいるようだった。たまたま同じ時間帯に出歩いているのか、いくつかの観光スポットで一緒になった。見たところルミッキより二歳かそこら年上らしく、やはりひとりで行動している。おそらく、ヒッピーの思想に影響された女性が旅の仲間を求めている、といったところだろう。ともに公園ですわり、ぬるくなった安い赤ワインを飲みながら、宇宙の深遠なる調和について語り合えるような。

　そう考えるのは勝手だが、ルミッキのほうは、ひとりになりたくてわざわざプラハまで来たのだ。新たな知り合いなんて、つくる気はない。

　女性が口を開いたとき、ルミッキはすでに、少ない言葉で、礼儀正しく、ほどよい冷たさをもって撃退する態勢を整えていた。どんな場合も、冷たくするのが最も効果的だ。

　やがて相手がひとつの文章を口にし終えたとき、周囲の暑さにもかかわらず、冷たいものがルミッキの背を伝って首筋まで這い上がり、全身の毛が逆立った。

　相手はスウェーデン語でこういったのだ。

「わたしは、あなたの姉だと思う」

われは汝の血。われは汝の肉。汝はわれの血。汝はわれの肉。

われらはひとつの家族。われらは母であり父であり、親であり子であり、姉妹であり兄弟であり、おじ、おば、いとこである。われらの中には同じ血と同じ信仰が流れ、それは山よりも強く、川よりも深い。神はわれらを、ひとつの家族として、ひとつの聖なる共同体の一員としてお創りになった。

互いの手を取るがいい。姉妹たちよ、兄弟たちよ、ほどなくわれらの時代がやってくる。イエスがわれらをお呼びになり、その呼びかけにわれらは迷わず応えるだろう。われらは恐れない。われらには強く信じる心がある。

われらの信仰は雪のように白い。清らかで、澄んでいる。迷いの入り込む余地はない。われらの信仰は、その力で罪びとたちの目をくらませる光。われらの信仰は、その熱で罪びとたちを焼くだろう。

われらは常にひとつの家族。われらは聖なる〈白き家族〉、われらの願いはほどなくかなえられるだろう。

2

女性の視線は、カフェのテーブルや、日差しをさえぎるパラソルや、見知らぬ観光客の顔の上をさまよっていた。ほっそりとした白い指が、氷水の入ったグラスの表面をせわしなくなぞり、汗をかいたガラスに縞模様を描いている。グラスの水はひと口しか飲んでいない。ルミッキのほうは、小さなカップにつがれたブラックコーヒーのお伴に、大きなグラスの水をもう二杯も飲んでいた。

ふたりは、プラハ城の敷地内にある、観光客向けの割高なカフェに腰を落ち着けていた。近くにはほかにめぼしい場所がなかったのだ。ルミッキの思考はなにかをつかみ取ろうとしてむなしくあがいた。頭の中にひしめき合っている何十個もの疑問を、どうやって形にすればいいかわからなかった。

「説明しなくてはならないと思うんだけど……」

相手はスウェーデン語を使い、心もとなげな様子で静かにいった。

そうね、ぜひお願い。

その言葉を、ルミッキは口には出さず、黙ったままで相手にしゃべらせることにした。質問で誘導しないほうがいい。

「わたしは……あの、英語で話していいかしら？　わたしのスウェーデン語は、少し……下手で」

ルミッキはうなずいてみせた。相手のスウェーデン語に強いチェコ語風のアクセントがあることには、すでに気づいている。スウェーデン語はこの女性の母語ではない。しかし、わざわざこの言語でルミッキに話しかけてきたことには、必ず理由があるはずだ。

「わたしの名前はゼレンカ」相手は英語に切り替えて続けた。「二十歳なの」

ルミッキの目は、グラスの表面をそわそわとなぞり続けているゼレンカの指に向けられていた。右手の薬指に、かろうじて見分けられるかどうかという薄い跡がついていて、指をぐるりと一周している。長いことはめていた指輪を外した跡だろうか。

ゼレンカは、生まれてからずっとプラハに住んでいる、と語った。十五歳のときに母親が事故で亡くなるまで、ふたりきりで暮らしていたという。母親は深夜、川に転落したのだそうだ。

ゼレンカの声がくぐもった。しばらくのあいだ、その目は観光客の頭上を通り越して教会のほうを見つめていたが、やがてまた言葉を続けた。

「その後は……ほかの人たちがわたしの面倒を見てくれているの。いまのわたしには、新しい家族がいるのよ」

「結婚したの？」

ルミッキが聞くと、ゼレンカは激しく首を振った。

「ちがう、ちがうの、そういうことじゃないわ。善良な人たちがいて、わたしを引き取ってくれたのよ。あなた、善って信じる？」

その問いはあまりに唐突で、しかも相手の口ぶりが真剣そのものだったので、ルミッキは答える前にコーヒーをひと口飲まずにはいられなかった。

「善《よ》きおこないっていうのは、存在するけど。それと、善き意思も」

そう答えたルミッキの目を、ゼレンカはまっすぐにのぞき込んできた。その表情を読み解くことは、ルミッキには不可能だった。考え込んでいるのか、それとも怒っているのか、わからない。ルミッキとしてはそろそろ本題に入ってほしいところだったが、せかすことはしなかった。

こちらの思考を読んだかのように、相手は口を開いた。

「母はね、わたしがうんと小さかったころは、父のことをなにも話してくれなかったの。わたしは聞きわけなく何度もたずねて、母は困っていたはずだけれどね。母はいつも、あなたには父さんなんていないのよって、いっていた。でも、それはうそだってわかっていたわ。だれにだって父親がいるはずだもの。わたしが十歳になったとき、母はわたしを椅子にすわらせて、父さんのことを話したいといったわ。そのときから数えて十一年前の夏、母はひとりの旅行者と出会った。フィンランドから来た男の人で、スウェーデン語を話していたそうよ。その人の名は、ペーテル・アンデションといった」

暑さが四方から電気毛布のように体を包み込んでいるというのに、ルミッキはまた寒気を覚えた。知らず知らず、パパの面影をゼレンカの顔に探してしまう。まっすぐで細い鼻筋がなんとなく似ているだろうか。黒い眉《まゆ》は？　あごの形は？　いっとき、ゼレンカの顔の前をパパの顔がよぎった気がしたが、幻はじきに消えた。

「母の話によると、ふたりの関係は短くて、だけど激しいものだったそうよ。その男の人には、フィンランドに奥さんがいたの。もちろん、わたしができたのは予定外の出来事だったわけだけど、妊娠がわかったとき、母は産もうと決心してくれたのよ。その時点で、相手の男の人には——つまり父にはってことだけど、母はなにも知らせなかった。わたしが二歳になったとき、初めてわたしの写真を父に送ったんですって」

ゼレンカはいったん言葉を切ると、むさぼるように水を飲んだ。ルミッキはすわっている椅子がぐらぐら揺れている気がした。ゼレンカの言葉は耳に入ってきたものの、その内容をうまく把握することができない。パパにもうひとり娘がいた。この街に。姉に当たる人。

「父はわたしに会いたがったけど、母が拒んだらしいわ。それから何年ものあいだ、父からは手紙やはがきや写真や、ちょっとした贈り物が送られてきたの、母にはお金も。でも、母は一切返事をしなかった。なんの反応も得られないものだから、父から送られてくるものもだんだんと減っていった。しまいにはなにも届かなくなって。実はね、母は父のことは話してくれたけど、父からの手紙のことは教えてくれなかったのよ。わたし、十二歳のときに自分で手紙を見つけたの。母は手紙を箱に入れて、クローゼットにしまってあるシーツの陰に隠していたわ。手紙や贈り物に少し目を通したところで、母が部屋に入ってきて、ものすごい剣幕で怒りだした。母に隠れてこそこそ嗅《か》ぎまわっていると思ったみたい。母は箱をひったくると、中身を暖炉にぶちまけて、そっくり燃やしてしまったの。わたしは一晩、泣き明かしたわ」

ゼレンカは抑揚のない声で淡々と話したが、両手が震えているのを見れば、言葉を口から出すのが容易ではないことがわかった。この先どう続ければわからないのだろう、言葉を切

6月16日 木曜日

ったきり長いこと黙っている。

隣のテーブルでイタリア人の小学生のグループが騒いでいた。男の子たちはコーラをがぶ飲みして、だれがいちばん大きなげっぷをするか競争している。アメリカ人の夫婦が、ユーロをドルに再両替するのも、本当に安い品物がどれか見極めるのも、えらく難儀だ、と声高に文句を言い合っている。ルミッキは周囲のすべてを認識していたが、音も声も、どこか遠くの別な次元から届いてくるような気がした。

ルミッキの人生には、思いだせるかぎりずっと以前から、気になるひとつの空白が存在していた。ゼレンカの話は、その空白を埋めてくれるパズルのピースのように思えた。自分の家族にはなにか隠し事があると、ルミッキは以前から知っていたし、感じていたし、気づいていた。なにか、語られることのない重大な秘密があり、ときにそれは家のすべての部屋に重く垂れ込めて、息苦しくなるほどだった。パパの厳しい顔。ママの悲しげな、泣いたようにさえ見える目。ルミッキが来ると、ぴたりとやんでしまう会話。

それでも、パパがこんなことをしていたなんて、ルミッキには信じられなかった。パパは――ペーテル・アンデションは、自制心がとても強く、常に正しく、感情をコントロールできる人だ。人間はたいてい、家の外と中とでちがう人格を持っている。家の中の人格が前面に出ているときは、悲しんだり、疲れたり、失望したりしている姿も、温かな愛情や抑えきれない喜びも、近しい人の前ですっかりさらけだすものだ。しかしルミッキは、パパには家の外の人格しかないのではないか、と以前から感じていた。パパはどこにいても変わらない。

頑丈な殻をかぶった人。

　パパがこのプラハでだれかと激しい男女の仲になったなんて、そんなことがありえるだろうか。そもそもパパは、他人と激しい関係を築けるような人だろうか。プラハに来たことがあるなんて、パパは一言もいわなかった。おかしな話だ。自分も訪れたことのある街に娘が旅行するなら、足を運ぶべきスポットや、絶対に見ておくべきものについて、アドバイスしたいと思うのが普通ではないだろうか。

　ゼレンカの話の中のペーテル・アンデションは、ルミッキの知らない人物だった。もちろん、それだけではまだ、はっきりしたことはなにもいえない。ただ、ルミッキのパパには娘の知らない面がいくつもある――それは、かなりの確率でたしかなことのようだった。人と人が、互いにどんな人物なのかすみずみまで把握し合うことなど、ありはしないのかもしれない。家族など親しい間柄であってさえも。

「母が亡くなったとき、父のことはもうこれ以上なにもわからないままだろうと思ったわ。わたしが知っていたのは、ペーテル・アンデションという名前と、その人がフィンランドに住んでいてスウェーデン語を話す、ということだけだったのだから。名前だってありふれていて、それ以上なにか知る手がかりには、とてもならなかったし。そんなとき、あなたがあらわれたの」

「だけど、どうしてあたしだってわかったの？」ルミッキは聞かずにいられなかった。「初めて会ったのに」

ゼレンカの口元に、初めて小さな笑みが浮かんだ。

「母が父からの手紙やなにかを燃やしてしまう前に、あなたの写真を見ることができたのよ。写真の中のあなたは八歳だった。裏にはスウェーデン語で〈おまえの妹ルミッキ〉と書いてあったわ。その写真はわたしの心にくっきりと焼きついたの、ちょっとした特徴のひとつずつまでね。あなたを見て、すぐにだれだかわかったわ。あの写真とちっとも変わっていないんですもの。それでも、確信が持てるまではと思って、何度かあなたのあとをつけて様子を探らせてもらったわけ。わたしのこと怒っているかしら、そうじゃないといいんだけど」

ルミッキは首を振った。その動作でなにかを拒絶したいと思ったものの、それがなにかはよくわからなかった。

わかっていたのはただ、ここから先はもう、すべてがこれまでと同じではなくなるということだけだった。

3

茶色がかった髪の色合いは似ている。温かみのある赤茶色より、クールなグレーに近い色だ。ゼレンカの髪は長い。束ねて編んでいるのをほどいたら、きっと腰まで届くだろう。ルミッキの髪は短く、スタイルとしてはボブカットで、イギリスの女優キャリー・マリガンのショートヘアにも似ていた。とはいえ髪の色からはなにもわからない。中央ヨーロッパの女性なら、生まれつきこういう茶色の髪を持つ人がいちばん多いはずだ。

灰色の瞳。ゼレンカのほうが、ルミッキより色合いが少し暗い。よくよく見れば、上唇のやわらかな曲線が似ているかもしれない。しかし顔のパーツのバランスはちがっていた。ゼレンカの額のほうが明らかに秀でているし、一方でルミッキのほうが短くて小さな鼻をしている。

ふたりの体格はほぼ同じだった。ゼレンカのほうが、一センチほど背が高いかもしれない。ふたりはカフェのトイレで鏡の前に並んで立ち、自分たちの顔を観察しているところだった。ゼレンカがルミッキの肩をつかんでいる。ルミッキは居心地が悪かった。知らない人に触れられるのは、好きではない。知っている人が相手でも、自分のテリトリーは確保しておきたいし、手で触れられる距離まで近づいてきてもいいと思えるのは、ほんの一握りの人だけなのだ。ゼレンカの手が肩にきつく食い込んでくる。その手も、顔も、色白だった。ルミッキのほうはうっすらと日焼けしている。

外見からいえば、ふたりは姉妹でもおかしくなかった。そうでなくても、やはりおかしくない。遺伝的に血がつながっていることをはっきり示す特徴は、なにもない。ただ、パパに顔がそっくりというわけではないのは、ふたりとも同じだった。

ルミッキは洗面台に身をかがめ、顔と首筋を冷たい水で洗った。気持ちがしゃきっとして、頭がうまく回転しはじめる。ついでに、この姿勢を取ることでゼレンカの手から逃れることもできた。

「どう思う？」

ゼレンカがたずねた。期待と熱意のこもった目でルミッキを見つめてくる。優しくなでてほしいとねだる子犬のように。ルミッキは、できれば黙っていたかった。消化しなければならない情報が、たった一日であまりに多く入ってきた。ニュースが多すぎる。暴きだされたことが多すぎる。これがどんな結果につながるのか、考える時間が持てていない。どう対処すべきかということも。

次になにをすればいいかわからない状態は、ルミッキにとって耐えがたいものだった。

「いまは……一度にずいぶんたくさんのことを聞かされたし」

やがてルミッキはペーパータオルで首筋をふきながらいった。タンクトップのえりぐりから入ってしまったしずくが、不吉な予感のように背骨の上を伝い落ちていく。

「わかっているわ。わたしのほうは、何年もの時間をかけてこのことを考え、受け入れてきたわけだから。あなたはさっき知ったばかりだものね」

「ええ。父はこれまで、なにもいわなかったし……。わたしはあなたの存在を知らなかった。父は……」

ゼレンカが再び手を伸ばしてきて、今度はルミッキの腕に触れた。ルミッキのためらいを、気持ちが激しく揺れ動いているせいだと思っているにちがいない。そういう面もあったのはたしかだが、それだけではなく、ルミッキはいまの段階ではまだ、あまり自分をさらけだしたくないと思っていたのだった。その前に、事実を明らかにすべきだろう。

ゼレンカという人にも、彼女の話にも、あやしげで神経に障るなにかがある。話の中身が、事実にしてはあまりに偶然だらけだと感じてしまう。しかし、細かい部分は筋が通っているようにも思える……。ルミッキの思考は荒々しく跳ねまわり、頭の中をきちんと整理することができなかった。

「ひとつ、お願いしてもいいかしら？　このことはまだ、あなたのお父さんにはいわないでほしいの。わたしたちの父さんに、ね。今回もまた、父さんがわたしのことを人づてに知るのは、いやなのよ。そのときが来たら、自分の口で伝えたいの」ゼレンカがいった。

ルミッキはうなずいた。そんな頼みなら簡単なことだ。そもそもパパに連絡する気なんかない。パパに電話して、プラハに娘がいるというのは事実なのか問いただそうという考えは、頭に浮かびもしなかったのだ。ルミッキの家族はそんなことはしない、ただそれだけ。ルミッキの家族は、わざわざ回り道を選び、ストレートに聞く代わりにほかの手段で真実に近づこうとする、そういう人たちだった。秘密を抱えた家族。ティーンズ向けの小説なら、ほどよくスリリングな設定だと思えるかもしれない。しかし実際には、家族全員の肩に大きな岩のかたまりが載っていて、そのせいでだれも互いの目をまっすぐに見られない、そんな感じだった。

「スウェーデン語はどうやって身につけたの？」

ルミッキはスウェーデン語に切り替えて聞いた。

6月16日 木曜日

ゼレンカははにかんだ微笑を浮かべ、やはりスウェーデン語で答えた。

「ばかみたいに聞こえると思うけれど、父がスウェーデン語を話す人だったと知ったときに、独学で勉強を始めたの、インターネットや本を使ってね。ユーチューブでスウェーデン語の子ども向け番組のビデオクリップを観ながら、言葉を舌に載せて味わってみたわ。野いちごは、スミュルトロン。おばかさんは、フォーニグ。あこがれは、レングタン。パンケーキは、パンカーカ。それが、不思議となつかしく感じられたのよ。人間の遺伝子には、両親の言語の一部が含まれているのかもしれないわね」

まるでスピリチュアル系にかぶれた人のたわごとだ、という感想を、ルミッキはあえて口にはださなかった。ああいうのは、遺伝学とも発達心理学ともまったく無関係な妄想なのだ。ゼレンカが信じるのは勝手だが。

そのときドイツ人観光客の女性がトイレに入ってきて、ルミッキとゼレンカに怪訝《けげん》なまなざしを向けてきた。外から聖ヴィート大聖堂の鐘が聞こえてくる。午後の二時になったことを告げる鐘だ。ゼレンカがはっと身を固くした。

「もう二時なの？」

ルミッキはうなずいた。ゼレンカの目がそわそわと泳ぎはじめ、指は革のバッグの肩ひもをまさぐっている。その姿は追われる獣を思わせた。さっきまでの彼女からは、温かみや、少しくつろいだ雰囲気さえも感じられていたのに、それが一瞬にして消え去った。

「行かなくちゃ」ゼレンカがいった。「明日また会いましょう。十二時に」

「同じこの場所で？」

ゼレンカはあたりを見まわした。

「いいえ。同じ場所はだめ。それはまずいの。ヴィシェフラド城はわかる？　地下鉄で行けるわ。そこで会いましょう」

なにか言葉を返したり、もっと近くの待ち合わせ場所を提案したり、そんなに急いでどこへ行くのかと聞いたりするひまは、ルミッキにはなかった。ゼレンカはすでにトイレの外へ飛びだした後で、取り残されたルミッキは、額にしわを寄せてひとり鏡の中をのぞき込むこととなった。


女の指がデスクの表面を叩《たた》いていた。オーク材のデスクは一か月前にメンテナンスに出しており、磨き上げ、ニスを塗り、小さな傷や摩耗もすっかり修復させたばかりだった。女の目は部屋の壁から壁へと動いている。目を喜ばせてくれるものが、そこにはあった。さまざまな表彰状や受賞の証し、新聞の切りぬき、彼女のキャリアの中でも特に大きな成果と栄光の瞬間の数々が、きらびやかに列をなしている。これを見ればだれもが羨望《せんぼう》に駆られるだろう。しかし彼女自身は、これでは足りないと思っていた。どんなものも十分ではなく、どんなものも十分に手に入ることはない。この業界では。この業界では、常に飢えていなければならない。より大きく、よりすばらしく、より驚きに満ち、よりセンセーショナルなもの、より感動的なもの、より大きな怒りを呼ぶもの、より深い情愛を呼び覚ますものを、常に求

6月16日 木曜日

めなくてはならない。新しいものを渇望しなくてはならない。時代の要求を察知しなくてはならない。いや、むしろ時代を先取りしなくてはならないのだ。予想できる人がだれもいない段階で、攻撃を仕掛ける必要がある。

人々の話題にのぼらねばならない。すべての人に、その口で語らせなくては。ここで。いますぐに。明日にも。

女の指は、携帯を取り上げて裏ぶたを開くと、ＳＩＭカードを取りだして別の一枚と交換した。

指が携帯を再起動させる。続いてひとつの番号を選んだが、その番号を女の指がプッシュしたことは、だれにも知られてはならなかった。

すぐに男の声が応じた。

「あの者の準備は整ったか？」男がたずねてくる。

「まだよ」

「あまり多くを知られてはならない、それを忘れるな」

「もちろん忘れてはいない。わたしもこの仕事に携わって長いわ、ルールは理解しているつもりよ。あの者に知らせる情報は、できるかぎり少なくしておかなくてはならない。そうすることで、人としてのむきだしの反応が得られる。われわれがほしいのは、その生々しさ。リアルな感情の動きがほしい」

「あの者がどれほど大きな危険に巻き込まれるか、わかっているだろうな？　けがを負うかもしれないし、死ぬこともありえる」

「そのリスクは冒さなくてはならないわ。それに結局のところ、殉教するのもシナリオとしては悪くない。とある実例を思いだすわね。あのときも、殉教の恩恵がずいぶん長いこと続いたはずよ」

笑い声。

「そんなことを、この私に向かっていうものではないな。私が気分を害するかもしれないではないか」

「あなたのブラックユーモアのセンスを見込んでのことよ」

「私の中にある暗黒《ブラック》は、ユーモアのセンスだけ、ということだ。では、すべて計画どおり進んでいると?」

「そのとおり」

「それは結構。もう切らなくては。神の祝福を」

女はひとり笑みを浮かべつつ電話を切った。神の祝福など、彼女には必要ない。それを必要としている人間は、ほかに大勢いるかもしれないが。


大衆は英雄を渇望している。大衆は、善が悪に勝利するさまを目にしたい、耳にしたい、文字で読みたいと望んでいるのだ。少年ダビデが巨人ゴリアテに、イエスがサタンに、小さなホビットが強大な冥王サウロンに勝利する様子を。大衆は、英雄が無敵の相手を征服し、打ち負かされるはずのない敵を打ち負かし、不死の存在を倒す様子を、ともに体験したいと願っている。大衆は、恐れを知らぬ正義の英雄によって不可能が可能になる物語を、熱烈に求めているのだ。

英雄は、人々が共感でき、感情移入できる人物でなくてはならない。大衆にとって身近で、しかしわずかに仰ぎ見る存在であることが望ましい。英雄は超自然の存在であってはならない。闘ったり、努力したり、苦痛や困難に直面したりといった運命に巻き込まれることを求められる。より強くなってよみがえり、最後の決戦に臨むために、英雄はその身を極限まで痛めつけねばならない。英雄はまた、もろさも備えている必要がある。敵の攻撃を受けやすい弱点を、持っていなくてはならないのだ。

英雄と同じくらい重要なのが、敵の存在だ。物語という観点からいえば、英雄よりさらに重要とさえいえる。悪しきもの。強大で、得体が知れず、冷酷で、見る者を震撼《しんかん》させる悪は、大衆の心を磁石のように引きつける。大衆は、悪の存在を否定したいと思いつつ、悪に熱狂するのだ。大衆は貪欲《どんよく》に悪を求めるが、やがて吐き気を催すようになる。そうなると、今度はだれかが悪を排除してくれることを求めはじめる。英雄の出番だ。

しかし、出来のよい英雄の物語は、犠牲となる脇役《わきやく》たちがいなくては成立しない。死んでもらわなければならない人々もいる。救われた命が、より重みを持つように。

死があってこそ、真の伝説が生まれるのだ。

6月17日

金曜日 未明

4

天井に穴がひとつ開いていた。なにも映さぬ黒い目のように、ルミッキを見下ろしている。ルミッキも見つめ返した。すっかり目が冴えてしまっていた。

ユースホステルの部屋の窓にかけられた薄いカーテンを透かして、街灯の黄色っぽい光が差し込んでくる。近くの公園で犬がほえている。時刻は午前二時。昼間の焼けつく暑さは深夜になってもやわらぐ気配がなく、ルミッキはシーツを汗でぐっしょり濡らしていた。

窓を開けようとベッドから起き上がる。枠に食い込んでしまっている窓が抵抗をやめ、ぎしぎしうめきながら開いてくれるまで、かなりの労力を費やした。蒸し暑い夜気とともに、行き交う車の規則的な震動音やブレーキ音、クラクションの音が部屋に流れ込んでくる。タイヤをきしませながら猛スピードで走っていく車がある。酒場から出てきた酔っ払いのグループが大声で歌っている。調子の外れた歌声から聞きとれるのは、どうもフランス語で歌っているらしい、ということくらいだった。

ルミッキは窓の下の台にもたれかかった。外から入ってくる空気は室内と同じくらい生ぬるかったが、かすかな風のそよぎが肌の汗を乾かしてくれる。シャワーを浴びたいと思ったものの、どうせ朝になったらまた浴びるのだから無意味だ、という考えが、まずわき上がっ

6月17日 金曜日 未明

た。続いてルミッキの頭に浮かんだのは、ほかの部屋の宿泊者たちをシャワーの音で起こしたくない、という思いだった。なにかお腹に入れようかと考えたが、そんな必要はないとすぐに答えを出した。だいたい、食べるものといえば、前の日に買ったペストリー類がいくつかあるだけなのだ。いろいろな種類のおいしそうなパンに見えたものの、実際にはどれも、油分がたっぷりの同じパイ生地でつくられていて、トッピングがほんの少しちがっているだけだった。しょっぱいのもあれば、甘いのもあった。しかしどれを食べても口の中に油の膜が残った。

ルミッキの目が覚めたのは、暑さのせいか、あるいは悪夢のせいだった。どちらのせいでもあるかもしれない。肌にじっとりとまとわりつくシーツが、悪夢を呼ぶ引き金になったのかもしれない。

それは、かつてよくうなされた悪夢だったが、もう長いこと見ていなかったものだった。小学校に上がってからは、学校でひどいことをしてくる連中の夢がそれに取って代わったからだ。来る日も来る日も、幾度も幾度も繰り返された悪夢。現実と夢がまじり合い、重なり合って、ルミッキは自分がいつ目覚めていていつ夢の中にいるのか、わからなくなった。

しかし、今夜よみがえった悪夢は、それより以前に見ていたものだ。ルミッキがまだ恐れることを知らなかったころに、よく見た夢。

夢の中のルミッキは、大きな鏡の前に立っている。まだ幼くて、たぶん二歳か三歳だ。最初のうち鏡の中に見えるのは、自分の姿と、自分が立っている薄暗い部屋だけだ。片手を上げると、鏡に映った少女も同じことをする。微笑んだり、しかめっつらをしたりしてみる。鏡の少女もそっくり同じ動作をする。そのとき、鏡に映る部屋の暗がりからもうひとりの少女があらわれ、背後に歩み寄ってくるのが見える。少女はルミッキより少し年上だが、ふたりはとてもよく似ている。ふたりの着ているものも、同じような白いネグリジェで、やはりよく似ている。

少女の両手が背後からルミッキの肩に置かれる。温かくて、安心させてくれる手。やがて少女はルミッキの耳に顔を寄せ、スウェーデン語でささやく。

「あなたはわたしの妹、いつまでも、いつまでも、いつまでも」

ルミッキは振り返る。いったいなぜ、この夢を見るたびにここで振り返ってしまうのだろう、その結果よくないことが起きるとわかっているのに。その瞬間まで、ルミッキは温かな、いい気分でいる。しかし振り返った瞬間、凍りついてしまう。背後にはだれもいないのだ。薄暗い部屋の中に、自分ひとりだけ。再び鏡に目をやる。少女はそこにいた。少女がルミッキの髪をなでてきて、その手のひらのぬくもりが感じられる。ルミッキは払いのけようとするが、手は空を切るばかりだ。

「あたしと遊びたくないの?」

鏡の中の少女は、やはりスウェーデン語で悲しそうにたずねる。

ルミッキは激しく首を横に振る。この少女が消えてくれればいい、ただそう思っているだけだ。少女は現実の存在ではないから、怖いのだ。

6月17日 金曜日 未明

「すごく悲しいわ」

そういって、少女は泣きはじめる。ルミッキは見ていたくない。目をぎゅっとつぶってしまいたい。それなのに、見ずにいられない。わかっているのに。少女の涙を見るのはいやだと、わかっているのに。

それは赤い涙だった。大きな涙の粒が少女の頬《ほお》を伝い落ち、あごからぽとぽととしたたり落ちて、白いネグリジェに赤いしみをつける。ルミッキが、ようやく目の前の光景から視線をもぎ離し、下を向くと、自分のネグリジェも真っ白ではなくなっているのが見える。真っ赤な血のしみが、いっぱいについている。

そこで目が覚める。いつも同じ場面で目が覚めた。

なにがきっかけでこの悪夢を見るようになったのか、ルミッキにはどうしてもわからなかった。小さいころ、うっかりホラー映画のワンシーンでも観てしまったのだろうか。それとも、保育園か、どこかの遊び場で、大きい子から幽霊の話を聞かされたとか？

ただ、なぜいま、このタイミングで悪夢がよみがえったのかは、明らかだった。夢分析なんか受けなくてもわかる。鏡にゼレンカと並んで映った自分の姿を見たせいだ。ふたりは父を同じくしているという、ゼレンカの言葉を聞いたせいだ。ふたりは姉妹だという、ゼレンカの言葉のせい。

ふたりは似たところがあると主張する心の声はあまりに大きく、耳をふさいでしまいたくなる。ルミッキを戦慄《せんりつ》させたのは、あの悪夢が長い歳月を経て再び目を覚ましたことではなかった。もしかすると、単なる夢ではないのかもしれない。その思いが、彼女を震えさせていた。

もっとも、そんな考えは理性的とはいえない。ゼレンカの話が真実だとしたら——少なくとも現時点で、ルミッキはまだそれを受け入れる準備ができていないが——、ふたりが会ったことはこれまでに一度もなかったはずだ。つまり、あの悪夢をよく見ていたころの、小学校に上がる前のルミッキに、鏡の前で姉と一緒にたたずんでいたという記憶があるわけはない。単純な話だ。

予知夢などルミッキは信じていない。そんなものはただの世迷言《よまいごと》、まやかしだ。よって、あの夢は偶然の産物にちがいない。さもなければ、ルミッキは幼いころ、ママとパパが娘には聞かれていないと思って口論している言葉の端々を、聞きとったのかもしれない。その言葉をもとにして、ぼんやりとした空想が心に描かれ、それに子どもの想像力が色づけをしてゆがめてしまったことで、悪夢が生まれたのかもしれない。それがいちばん納得のいく説明に思える。

ルミッキは、夜の空気を深々と、時間をかけて吸い込んだ。全身をとらえていた悪夢の手が、力を緩める。真夜中のプラハは、願い事と、踏みにじられた約束のにおいがした。歴史と路上のほこりのにおい、塩気と甘みを同時に感じさせる香り。

窓は開けたままにしておこうと決めて、ルミッキは夜のざわめきと交通の音にかまわずもう一度眠ろうとした。窓から離れてベッドに向かいかけたとき、突然部屋のドアが激しく叩かれて、ルミッキは一瞬、古ぼけたドアの蝶番が外れてしまうのではないかと思った。

　すかさずベッドからシーツを引きはがし、裸の体に巻きつけて隠す。手近にあった武器になりそうなものを引っつかむ。それは半分空になったミネラルウォーターのボトルだった。十分な戦闘装備とは、とてもいえない。ルミッキは全身の筋肉を緊張させてドアをにらんだ。侵入者がドアを開けた瞬間、ドアを蹴《け》って相手の顔に叩きつけてやろう。内側に開くドアはこっちに有利だ。しかも不意打ちの効果が大きい。

　ルミッキはごく静かにしていた。それなら得意だ。静かにしていることにかけては自信がある。

　再び何者かの握りこぶしがドアを破らんばかりに激しく叩いた。その力はさっきよりさらに増している。

　ミネラルウォーターのボトルでも、しかるべき箇所を殴れば効果があるだろうとルミッキは考えた。まずはドア、次にボトル。それが、思いついた戦術のすべてだった。

　まさにそのとき、ドアの向こうで酒に酔っているらしい若い男たちが騒々しく笑い合っているのが聞こえ、歌らしきものをがなり立てる声が響いた。

「パーティーやろうぜ、パーティー！」英語でわめいている。「パーティーやるぞ！　おい、出てこいよ！　寝てる場合じゃないだろ！」

　ルミッキは肩の力をぬいた。ボトルを握りしめた手を下ろす。外にいるグループのひとりが気づく前に、ルミッキにはことの真相がわかった。

「あれっ、畜生！　おれら、部屋をまちがえてるぞ。二〇六じゃなくて、二〇八だ」

ルミッキはよろよろとベッドに向かい、同時にドアの外のパーティー集団は隣の部屋の前に移って、ドアを叩きながら出てこいよとどなりはじめた。窓の外と廊下から予期せず入ってくる音が不協和音を奏で、そのおかげでルミッキのまぶたはみるみる重くなって、悪夢の出る幕さえないほど深い眠りが彼女をさらっていった。


男は目を覚ましていた。未明のこの時間、建物の中にいる人々がみな、まだ眠っているこの時刻に、彼はしばしば目を覚ましているのだった。羊の群れを見守る羊飼い。ここの人々はそう思っているし、その考えがまったく的外れというわけでもない。ここにいる人々は男の率いる群れであり、すでに二十年以上の長きにわたって、男は彼らを育て、養ってきたのだ。男には忍耐力と根気があった。我慢強く待つことさえできれば報われると、男は幾度も自分に言い聞かせてきた。

部屋から部屋へ、男はひそやかな足取りで、音を立てずに歩きまわった。どの部屋も、少しほこりっぽい、よどんだ空気のにおいがして、眠っている人々の寝息と夢に満ちている。男は並んでいる安らかな寝顔を眺めた。わずかに口を開けている者もいれば、ずっと会えなかった恋人のように枕をぎゅっと抱きしめている者もいる。だれもが、大人の男たちさえも、実に小さくてはかなげに見えた。彼らは男の手につかまえられた蝶々のようなものだった。

男には力があり、彼らを握りつぶすことも、彼らの体にピンを突き刺して標本をつくることも、羽をむしり取ることも、煙でいぶってやることも、酸素を奪ってやることも、思いのままだ。
男はその手の中に彼らの命を握っているのだった。

6月17日 金曜日 未明

6月17日

金曜日

5

イジー・ハシェクは、オレンジをふたつしぼったフレッシュジュースをグラスにつぎ、ひと息に飲み干した。口の中にさわやかな甘さが広がり、ビタミンが血液とともに体中を巡って、朝のスタートを切らせてくれるのを感じた気がした。彼は窓の外に目をやると、眠りから覚めて朝の活気の中にある街を眺め、その気温から今日もまた暑い一日になりそうだと思った。薄いもやのような雲が空の高みを覆っているが、灼熱《しゃくねつ》の太陽をなだめる力は弱々しい。花嫁が花婿に向ける熱い視線をさえぎろうとする、薄いヴェールのように。

他人の目に自分はどう映るだろうと考えて、イジーはひとり笑みを浮かべた。黒いストレートパンツと白いシャツに身を包んだ青年、けっして悪くない容姿、クラシカルでしゃれたスタイルにカットされた黒髪。アパートメントの最上階に位置する一室で、しぼりたてのオレンジジュースを飲んでいる。なにかの広告に出てきそうな姿。成功とエネルギッシュなパワーを擬人化したらこうなる、といったところ。

イジーはほとんど声を上げて笑いだしそうになった。彼はまだ二十五歳。夢に見た職業に就いている。彼が出世の階段を猛スピードで駆け上がりつつあることは、どこから見ても明らかだ。三十歳の誕生日を迎える前に、もう自分の番組を持つことができるかもしれない。

6月17日 金曜日

私生活では特定のパートナーこそいないが、それは女性にもてないからではなく、彼自身の選択によるものだった。いまはまだ、だれかと真剣な関係を持つことで束縛されたくはない。気軽な恋愛やゆきずりの恋ができる状態でいたかったし、ふいに訪れるチャンスや目先の変化を楽しみたかった。何年かしたら落ち着いて、十分に魅力があり、心身を燃え上がらせてくれるような女性が見つかったときには、身を固めてもいいかもしれない。

イジー・ハシェクは自らの夢を全身全霊で生きており、その一瞬一瞬を、恥も外聞もなく愛していた。いまの地位と人生が自分の力だけで得たものといえるかどうか、確信はなかったが、相手がだれであれ申し訳ないと口にするつもりはさらさらなかった。

五人きょうだいの末っ子として育ったイジーは、自分の利益を守るすべを身につけており、目の前にキャンディが差しだされればつかみ取ることを心得ていた。中学生のころすでに、彼は気づいていた。自分はクラスでいちばん優秀なわけではないが、知識欲ならだれにも負けないこと、しかも、自分が優位に立つために必要な知識や情報をキャッチする能力があることに。情報の中には、イジーにとって有益で、ほかの人にとっては不利益なものもあったのだ。歴史の教師と数学の臨時教師が特別な関係にあることを、イジーはさまざまな手がかりから察知していたし、ついにはコピー室のドアを最高のタイミングで――ふたりの教師にとっては最悪のタイミングだったが――開けて決定的な証拠をつかんだとき、彼は一瞬たりともためらわなかった。歴史と数学の成績を水増ししてほしいと求め、当然ながら要求を通したのだ。

鍵《かぎ》がかけられて開かないはずのドアも、正しい情報があれば開けることができる。自分にはある種の嗅覚《きゅうかく》があることに、イジーはかなり早いうちから気づいていた。それはニュースに対する嗅覚、あるいはスクープに対する嗅覚とさえ呼べるものだった。彼はジャーナリストの道を選んだ。

イジーは、いままさに追っているネタを思い浮かべた。興奮が脊髄《せきずい》を刺激して、ぞくぞくする。大スクープになるだろうと、彼にはわかっていた。この一件で、ジャーナリストとして大躍進を遂げられるはずだ。彼の名前と顔が、人々の記憶に残ることになるだろう。

それは、政府に対する抗議デモとか、ユーロ危機が一般の人々に及ぼす影響とか、店員の立場から見た食料品の価格上昇とか、歴史的建造物の修復作業中に生じたミスとかいった、少々聞き飽きた感のある、義務としてリポートしてきた話題とはまったく別のものだった。イジーはこれまで、依頼された案件はすべて引き受けて形にしてきた。常に丁寧かつ独創的であるよう努力してきたし、自分のリポートには、だれもまだ気づいていない新たな視点をなにかしら盛り込むよう心がけてきた。しかし、今回ほど純粋な、燃えるような情熱を感じたことは、これまでの仕事では一度もなかった。

これは特ダネだ。人の心を打ち、情に訴える。恐るべき内容で、白日の下にさらす価値がある。

イジーは聖人ぶるつもりはなかった。彼を突き動かしているのは、真実を知りたいという欲望だけではない。少なくともそれと同程度に、表舞台に出て英雄になりたいという欲望が

6月17日 金曜日

仕事の原動力になっていることは、自ら認めている。彼は、舞台の裏であくせく働き、真実が明らかになりさえすればそれで満足してしまう仕事の虫たちとはちがう。イジーは注目されたかった。栄光を自分のものにしたかった。自分の顔と名前を、自分が報じるスクープと同じように、人々に記憶してもらいたかった。彼の心の中で、真実と名声は相反するものではなかった。このふたつは一枚のコインの表と裏だ。真実を語ることで、名声が形成される。そして、名声への欲望が、真実を掘り起こす仕事へのモチベーションを上げるのだ。

イジーはいま、真に意義があり、広く社会の注目を集めるであろうニュースの取材に、人生で初めて取り組んでいた。教会の信者たちの出生や死亡などに関する記録、いわゆる教区簿冊や、さまざまな系図を、何か月もかけて調査した。警察の調書を何度も何度も読み返し、手がかりや矛盾を見つけだそうとした。多くの人々にインタビューもしたが、彼らは一様におびえていて、顔や実名を出すことには同意しなかった。イジーが手にしている素材は、一歩まちがえば爆発を起こしかねない危うさをはらんでおり、だからこそ危険で、そのぶん大きな価値がある。

神々しいほどのすばらしさ、という人もいるかもしれない。イジーにいわせれば、悪魔みたいにインパクトのある特ダネだった。

そろそろ、闇の核心にせまるべく、さらなる一歩を具体的に踏みだすべき時期に来ている。ビデオカメラの前でインタビューに応じてくれる人間を、確保しなくてはならない。顔はぼかし、匿名にして、音声を変えた形にしてもかまわないだろう。ただ、イジーとしてはその現場に自ら立ち会う必要がある。

焼けつく暑さが襲いかかってきて重苦しかった。大気には雷の予兆が漂い、嵐になりそうな気配さえあったが、空を見ても嵐の訪れを示すものはなにもなかった。

イジーは少し両手のストレッチをしてから、ジャケットを着て、まだ新品の香りのするスタイリッシュな黒いバックパックを肩にかけた。中にはウルトラスリムなノートパソコンとともに、昔ながらの筆記用具が入っている。インタビューの相手によっては、小さなメモ帳とペンという小道具の力で、信頼できる人物だ、信用して大丈夫だという印象を与えることができる。そのことをイジーは知っていた。相手がそういうタイプの場合、こちらがノートパソコンのキーボードをカタカタ叩いてばかりいると、心理的な距離がひどく広がってしまうのだ。

インタビューを実施するときは、相手に合ったやりかたを選び、聞き手としてまぎれもない存在感を生みださなくてはならない。無理強いするのも、熱意を見せすぎるのもよくない。ゆったりと耳を傾ける能力が重要になってくる。的確な質問を発し、相手の話に興味を示しつつも、出しゃばってはならない。

よいインタビューを実現させるには、女性を口説くときに守るべき掟《おきて》の多くが有効なのだった。

気がつくとイジーは鼻歌を歌っていた。カナダの女性歌手カーリー・レイ・ジェプセンの、むかつくほど耳に残るくだらない歌だ。

6月17日 金曜日

ねえ、あなたとは出会ったばかり。それなのにこんなの、どうかしちゃってる。だけど、これ、あたしの番号。電話してくれないかな？

一日の仕事を終えたら、どこかオープンエアのレストランにでも出かけようか。氷のように冷えたビールを喉《のど》に流し込み、きゃあきゃあ笑い声を上げる観光客の女の子たちを眺めて、プロのインタビューのテクニックを使ったら彼女たちからなにを引きだせるか、試してみる。今日、特ダネの取材を目に見えて進展させることができたらそうしていいと、イジーは自分に約束した。


掟は安全をもたらしてくれる。掟が家をつくる。掟があることで、家族は日々の暮らしを営むことができる。もしも掟がなければ、われらは欲望のままにあちらこちらへさまよう生き物にすぎず、闇と混沌《こんとん》に引き寄せられてしまう。

だからこそわれらには掟が必要なのだ。掟はわれらの守護天使である。

最も重要な掟は次のものである――家族は聖なり。家族にまつわる物事は聖なり。

家族にまつわることは、外部のいかなる者にも関わりがない。よって、それを口にすることは許されない。沈黙を守らねばならない。家族の内部の事情を聞きだそうとする者があっても、われらが答えを与えることはない。

次のことを心に留め置くべし――最も重要な掟を破り、聖なる家族に背を向ける者は、必ず罰を受けるであろう。われらは必要以上に語る者を沈黙させるであろう。われらは、その者の言葉、聖なる白さを汚そうとする言葉の、息の根を止めるであろう。

ひとりが口を開けば、われらはみな危険に陥る。

ひとりの望みが家族の望みにまさることはない。

6

この眺めにもいずれは慣れて、いちいち息が止まることもなくなるだろうとルミッキは思っていたが、それはまちがいだった。高いところから見下ろすプラハの街には、本当にうっとりしてしまう。高い場所から眺めれば、はるか地平線の彼方《かなた》まで視線が届く分、すべてがより美しく見えるのは事実であるにしても。

ルミッキは、いつか街を一望できる窓のある部屋で暮らしてみたい、という夢を持っていた。どの街かは、まだ自分でもわからない。プラハで日々を過ごすうちに、その街はフィンランドのどこかでなくてもいいのだという思いが、どんどん強くなっていた。中央ヨーロッパのほうがはるかに魅力的ではないだろうか。ここではあちこちの通りに歴史がさまざまな姿をして息づいている。行き交う人々の足はゆったりとしたリズムを刻み、人口の多さのおかげで、その中に溶け込んで消えてしまうのも簡単だ。

丘の上に広がるヴィシェフラドの城跡は、プラハで最もすばらしいスポットのひとつだと、ルミッキは思った。ゼレンカがここを待ち合わせ場所に指定したことに、いまはむしろ感謝していた。この丘へは観光客も、街の中心部やプラハ城ほど群れをなして押し寄せてはこない。交通の騒音もここには届かない。のんびりとした、くつろげる雰囲気で、緑がいっぱいだった。

ルミッキは太陽に温められた木製のベンチに腰を下ろすと、空気を胸いっぱいに吸い込んで、五感をすっかり開放した。それから目を閉じた。少しのあいだ、自分の時間だけはここで立ち止まればいい、と思った。スポーツの試合でタイムを取るように。そうすることで、この場所にただ存在していたかった。

ほかのどこかへ行きたいとも思わない。いまは、頭に浮かぶ考えが暴走しないよう理性でコントロールできているから、だれかが恋しいという切なさも感じない。ただ、夏の只中《ただなか》に存在だけしていたい。時間は刻々と、気づかぬうちに流れ去っていけばいい。やがて真昼から夕方になり、夕方は夜に変わればいい。自分はただ、しばらくうとうとして、ふと目覚め、再び景色を眺めたい。けっして見飽きることのない景色、常に新たな発見のある景色を。

ゼレンカがまだなにもいわず、その足が砂地の道を踏む音も聞こえないうちから、ルミッキには彼女がやってきたことがわかった。昨日と同じ、いくつかの要素がまじり合った香りを鼻孔に感じたが、今日はさらになにか強いにおいがまじっている。汗のにおいだろうか？

たしかにそれも含まれているが、今日のように暑い日だと、汗はどんどん流れるため濃度が低く、さほど強くにおわない。なにか別のにおいだ。

ゼレンカは恐怖のにおいがした。

彼女はルミッキの隣に腰を下ろした。ルミッキは目を開けず、ゼレンカもしばらくなにもいわなかった。ルミッキは自分がどんな気分でいるか見極めようとした。姉と並んですわっている感じがするだろうか？　この人に、どこか深いレベルでなつかしさを感じているだろうか？　黙ったまま並んですわっていることが、気楽で自然に感じられるだろうか？

そう感じることはできなかった。

ゼレンカはおびえ、ぴりぴりしている。ルミッキも固くなっている。

とはいえ、これだけで導きだせる結論はなにもないこともわかっていた。ふたりが会うのはこれがまだ二回めだ。ルミッキは、この人と血のつながった姉妹だという話を、いかなる形であれ信じることができずにいる。事実上、ふたりはまだ、互いのことをほとんど知らない他人同士にすぎない。

これまでのルミッキの人生で、知り合ったとたんに親しくなり、大切な存在になった人は、たったひとりしかいない。それがあまりにもあっという間の出来事だったので、ルミッキはいまでも、そのことを思いだすと戸惑いを覚えてしまう。

「本当に来てくれるか、心配だったんだけど」

会話の口火を切ったのはゼレンカだった。

ルミッキは目を開けた。太陽の光に目がくらんで、二、三秒が過ぎた。

「来たわ、もちろん」

ふだんのルミッキは、自分に関わりのない物事には首を突っ込まないよう努めている。しかし、これはルミッキ自身に関わりのあることだった。これ以上ないほど深い関わりが。

「いまのわたしの家族について、あなたに話さなくてはならないわよね」

ゼレンカがいった。一言ずつを、ためらいながら口にしているのがわかる。まるで、本当はそんなことをいいたくないか、あるいはその言葉を口に出すと苦痛を感じる、とでもいうように。真っ赤に焼けた石炭を口に含んでいるかのように。ゼレンカの目は昨日よりさらにそわそわと周囲を見まわしている。その姿は、いつキツネや猟師にとらえられるかとびくびくしている、臆病《おくびょう》なウサギを連想させた。ルミッキの想像の中で、わながウサギの足をはさみ、赤い血が白い毛皮に飛び散った。あの夢が思いだされる。焼けつく空気に抱かれているというのに、寒気を覚えた。

「わたし、母が亡くなって初めて、このプラハに親戚がいたことを知ったの。親戚がいるなんて、母は教えてくれなかったから。なぜかはわからない。善良な人たちなのに」

またこの呼び方だ。〝善良な人たち〟。ルミッキの耳にはどこか奇妙に響く。ただ、なぜそう感じるかはわからなかった。

「どうやってその人たちを探しだしたの？」

ルミッキの問いに、ゼレンカは首を振ってかすかに微笑んだ。

「わたしが探しだしたんじゃないわ。彼らのほうが、わたしを見つけてくれたの。事故の後、数日のうちに来てくれて、わたしの面倒を見るといってくれたのよ。なにもかも面倒を見ると。そのとおりにしてくれたわ。母の葬儀に関することも、書類や役所の手続きも、全部やってくれたの。家の貸し主とか、税務署とか、自分では思いつきもしないようなところへも連絡してくれて。彼らがいなければ切りぬけられなかったと思う。彼らがわたしを救ってくれたのよ」

ゼレンカの微笑みが空気のようなはかなさを帯びはじめた。内側から奇妙な光に照らされているような顔。この世に生きている人間の表情とは思えなかった。

ゼレンカは、自らが救われし者なのだと考えているようだが、彼女がどんな体験をしたかを考えれば、それも無理のないことかもしれなかった。母親が亡くなったとき、ゼレンカはいまのルミッキよりいくつか年下だったのだ。自分の両親が突然、同時に亡くなってしまったらどう感じるだろうと、ルミッキは想像してみた。そんなときにだれかがやってきて、一切の面倒を見てあげると約束してくれたら、やはりその相手を神のようにあがめてしまいそうだ。少なくとも、しばらくのあいだは。

「その人たちっていうのは、夫婦なの？　それとも……」

ルミッキはたずねた。ゼレンカのいう〝彼ら〟というのが何人の人間を指すのか、これまでの話からはわからない。

「いいえ、彼らは……」

6月17日 金曜日

ゼレンカの言葉は途中で途切れ、光り輝く微笑みがルミッキの見ている前でみるみる変化して、ぎょっとしたような、おびえているような表情に変わった。その目はルミッキの肩の向こうを見つめている。振り返ったルミッキの目に、黒いサングラス、白い麻の服といういでたちの、ひげをたくわえた男の姿が飛び込んできた。しかしそれ以上男の様子を観察するひまはなかった。ゼレンカが、腕をぎゅっとつかんできたかと思うと突然ベンチから立ち上がり、乱暴といえるほどの力でルミッキを立たせたのだ。

「走って！」

ゼレンカはルミッキの耳にうわずった声でささやくと、いきなり駆けだした。

ルミッキもつべこべいわずにあとを追って走りだす。城跡の中心部にある聖ペテロ・パウロ教会に向かって、ふたりは石畳の道を走っていった。敷き詰められた丸っこい石は油断がならず、ルミッキは何度も足を取られて転びそうになった。背後にすばやく目をやる。追いかけてくる者はだれもいない。前を走るゼレンカは意外なほど足が速く、ルミッキはついていくのが精いっぱいだった。ゼレンカは逃げることに慣れているかのように駆けていく。

教会のところまで来るとゼレンカはようやく足を止め、ルミッキは追いつくことができた。ゼレンカはぜいぜいと荒い息をしている。その目の中にパニックが浮かんでいた。

「いまのはきっと、あの人じゃなかったんだわ……」ゼレンカがいった。「あの人だったら、わたしたちを追ってきたはず。たぶん、人ちがいだったのかも。サングラスとか、なにもかも。なんともいえないけど」

ルミッキには事態がさっぱり飲み込めなかった。

「また全力でランニングすることになる前に、いまのはいったいなんだったのか、知っておけたらすごくありがたいんだけど」

ゼレンカは額の汗をぬぐった。

「危険なことはなにもないの。わたしはただ、あの人にこんな形で知られたくなくて……。理解してもらうのが難しいかもしれないから。だけど、あの人じゃなかったんだし、だから……」

ルミッキなどその場に存在すらしないかのように、独り言をつぶやいている。ルミッキは思わずむっとした。ゼレンカの感情は、ときとしてあまりにめまぐるしく入れ替わり、とてもフォローしきれない。

「いったいなんの話をしてるわけ？」

ルミッキは少々つっけんどんに聞いた。

それが功を奏した。ゼレンカの背筋が伸びて、どこかへ行ってしまっていた意識が、ちゃんともどってきたのだ。

「あなたを家族のところへ連れていって、会ってもらうのがいちばんいいかもしれないわね。隠し立てをしないことが、正しい解決策よ。どうすべきか、彼らなら知っているわ」

ゼレンカの言葉にはある響きが潜んでいて、それをどう感じたか、ルミッキは自分でもよくわからなかった。

7

6月17日 金曜日

その家は、夏の明るい日差しに照らされながら、陰鬱《いんうつ》で眠たげな姿をしてそびえていた。三階建ての古い木造建築で、塔がひとつある。実のところその姿は、タンペレのムーミン谷博物館に展示されているムーミン屋敷の模型に、びっくりするほどよく似ていた。

ムーミン屋敷といっても、日本製のテレビアニメや、フィンランドのナーンタリにあるムーミンワールドで目にする、つるんとした円筒形で屋根だけとがった単純な建物とはちがう。あちこちに張りだしたり引っ込んだりしている部分がある、複雑で迷宮のようなムーミン屋敷だ。模型の製作には、ムーミンの作者トーベ・ヤンソンの親友だった、トゥーリッキ・ピエティラが携わっている。子どものころ、タンペレ市立図書館に併設されたムーミン谷博物館に行ったとき、ルミッキがなにより気に入ったのが、その模型をすみずみまで眺めることだった。

ムーミン屋敷の場合、謎めいた雰囲気や見る者の意表を突く複雑な形状は、想像力をかき立ててくれ、冒険にいざなってくれる感じがしたが、ゼレンカの家族の住む家には奇妙な重苦しさがあった。そんな印象を与える最大の要因は、建物の状態の悪さだろう。はげ落ちた塗装、さびた雨どい、崩れかけのバルコニー、汚れを落としていない窓はガラスの一部にひびが入っている。フィンランドなら取り壊しを命じられる寸前だ。野生化したツタが伸び放題に伸びて壁面に広がり、屋根まで届いている。建物の色合いは、かつてはクリームがかった白だったようだが、いまではむらのある灰色に見えていた。

庭のほうも、だれかが特に手をかけている様子はない。芝生は一応刈り込まれているものの、黄色っぽくなっているし、枯れかけている部分がそこここにある。唯一、見た目の美しさを意識しているらしいのは、建物を縁取って咲く白いバラだけだった。しかしそれも、一部はすでにかさついた花びらを散らしており、幾輪かは悲しげにうなだれている。

敷地の奥には風変わりな石造りの小屋が立っていたが、どういう用途に使われているのか、ルミッキには見当もつかなかった。園芸用品をしまっておく物置にしてはいやに狭苦しい感じだし、屋外トイレにも見えない。

建物も庭も、そのたたずまいは、訪れる者を大歓迎しているとはいいがたいものだった。さらに歓迎されていないと感じさせるのは、敷地を取り巻いて高々と威圧的にそびえている、がっしりした黒い鉄製の柵《さく》だ。ずらりと並んだ鉄柵の上部はどれも鋭くとがっており、はっきりとこう宣言している――〝乗り越えようとしても無駄だ〟。門扉《もんぴ》は大きく、重たげで、鍵がかかっていた。

この家は街の中心部にあるわけではなかった。ゼレンカはルミッキを連れてまず地下鉄に乗り、それからバスに乗り換え、最後はかなり長い距離を歩いて、ようやくここにたどり着いたのだ。さびしい場所だった。周囲の土地に、人の住む建物は立っていない。

ゼレンカがためらいがちな視線をルミッキに向けてきた。

「わたしと姉妹だって、信じている？」

ルミッキの心はざわついた。

「わからない」やがて率直にそう答えた。「たしかに、あなたの話してくれた内容はすべてありえることだし、いろんな出来事を説明してもくれる。だけど……」

「信じていないなら、家族に会わせるわけにいかない」

ゼレンカがルミッキの言葉を荒々しくさえぎった。

ばかいわないで、どういうつもり？　ルミッキはあぜんとした。こんな場所まで連れてこられて、まったくの無駄足だったというのだろうか？

「この門を通って中に入れるのは血のつながりのある人だけ、という掟があるの」ゼレンカが説明する。「その掟は絶対なのよ」

ゼレンカの目の中には、ついさっきまでと打って変わって、驚くほどきっぱりした表情が浮かんでいた。自分でも見失っていた内面の強さを、再び見いだしたかのように。家のそばにいることで、背筋を伸ばし、しっかりした声で話す力を与えられたかのように。

なんと答えるべきか、ルミッキは考えを巡らせた。ゼレンカの話を心から信じているといってしまったら、うそになる。ゼレンカの話は、一度に飲み込まねばならない要素が多すぎて、整理しきれていない。加えてルミッキは、いかにも真実らしいうそをこれまでに幾度となくつかれてきたせいで、必然的に疑い深い人間になっていた。にこにこと微笑んで親切そうに見える人が、次の瞬間にはこっちの顔につばを吐きかけてくることもある。それをルミッキは知りぬいている。

学校でルミッキにひどいことをしていたやつらは、何度もいったのだ。ルミッキがいうことを聞けば、もう暴力もふるわないし、無視したりばかにしたりするのもやめる、と。そうはならなかった。やつらはほかの生徒たちを計略の一部として利用までした。みんなを買収して、ことあるごとにルミッキに対してうそをつかせた。明日の体育の授業は取りやめになったとか、校長先生がルミッキを呼んでいるとか。わなにはめられたと気づいたときの屈辱は、ルミッキの心にいまも重く沈んでいる。

絶対に確実だとわからないかぎり、なにも信じてはいけない。

家のすべての窓が、にごった目のようにルミッキを見つめていた。鉄製の門扉に触れてみると、太陽の光を浴びてほとんど不快なまでに熱くなっている。

自分はいま、家族の秘密を解く鍵にせまっている、これまでにないほどその近くにいると、ルミッキは感じていた。もしもいま、ゼレンカと姉妹だなんて信じられないといってしまったら、決定的な答えを手にする機会を永久に失ってしまうのだろうか。

「あたしは……」ルミッキは口を開きかけた。

そのとき、家の二階の窓辺にひとりの男がいてこちらを見下ろしているのが、ルミッキの目に入った。男は五十代だろう、小柄で肩幅が狭い。額には厳しいしわが刻まれ、こちらを見つめてくる黒い目には敵意がこもっている。ルミッキは思わずびくっとした。ゼレンカも

6月17日 金曜日

視線をちらりと上に向けた。男がすばやく窓辺から離れる。

　ゼレンカはバッグから鍵を取りだして手のひらに載せると、重さを確かめるような仕草をした。ルミッキの返事を待っているのだ。

　まさにその瞬間、家のドアが開き、ゼレンカと同じような白い麻の服を着た六十歳くらいの女性が、荒っぽい足取りで外に出てきた。シンプルなロングスカートに、長袖のシャツという服装。白くなった髪はきちんとシニョンに結っている。まだ遠くにいるうちから、女性は早口の激しいチェコ語でゼレンカに向かってなにかいいはじめた。ときどきルミッキのほうを見ている。そのまなざしには、窓辺にいた男性と同じ、敵意が含まれていた。

　返事をするゼレンカは、その声の調子から、弁解と説明をしているらしいことがわかる。ルミッキの手をぎゅっと握ってくると、ふたりが同じ血と肉を備えていると示すように、つないだ手と手を女性に向かって掲げてみせた。ルミッキはゼレンカの手を振りほどきたくなった。自分が争いの種になっているようで、たまらなかった。

　女性の態度は厳しいまま変わらない。その声が高くなっていく。やがて門扉を開けた女性がゼレンカの腕を強くつかむと、ゼレンカは痛さにうめき、ルミッキとつないだ手を緩めた。

「今日は中に入ってもらえないわ」ゼレンカはルミッキにそれだけささやいた。

　ルミッキにも、それはわかった。この家の応対は、冷たいなどというものではない。うだるような暑さの中で、凍《い》てつく氷そのものだった。

　女性はゼレンカを門の内側に引っ張り込むと、門扉をルミッキの鼻先でぴしゃりと閉めた。

さらに追い払うような手ぶりをし、怒った猫みたいな声でなにか一言、子音だらけで響きのきつい耳障りな単語を吐きだした。そこまでしなくてもいいのに、とルミッキは思った。自分がお呼びでないかどうかくらい、ちゃんとわかる。

ペンチのような手に腕をつかまれて連れていかれるゼレンカは、服従の表情でうなだれている。突然ゼレンカが、叱《しか》られた上にこれからもっときついお仕置きを受けると知っている、幼い少女に見えてきた。成人している女性が、ひどい仕打ちを受けたのに抵抗もせず、すぐさま相手のいいなりになってしまうとは。ゼレンカがさまざまな意味でありふれた普通の二十歳ではないことは、これまでの様子からルミッキにもわかっている。それでも、ここまで完全に服従してしまうということは、ゼレンカに対してなにか不当な圧力がかけられているのは明らかだった。

人が虐げられている姿は、ルミッキには耐えがたいものだった。そういう場面を見たとたん、体の中に激しい怒りが燃え上がる。

「イ・モロン・クロッカン・シュットン・イ・スロッテッツ・トレードゴード！」

ゼレンカの背中に向かって、ルミッキはスウェーデン語で叫んだ。あの女性が、意外にも北欧各国の言語に精通している、なんてことがありませんようにと、心から願いながら。ルミッキはこう呼びかけたのだ――「明日十七時に、城の庭で」

ゼレンカはやはり振り向かなかったが、その背筋がわずかにすっと伸びたのを、ルミッキ

6月17日 金曜日

は見て取った。メッセージは伝わった。やがて女性とゼレンカが家に入り、ドアがばたんと閉じてしまうと、ルミッキはあらためて家の様子を観察してみた。人を寄せつけない印象はひと目見たときから変わらない。プラハでの日々が終わる前に、この門をぬけてドアから中に入り、家の秘密を探ってやろう。ルミッキはそう決心した。

6月18日

土曜日 未明

8

ふたつの手が背後から肩に置かれるのを、ルミッキは感じた。しかし身動きはせず、声も出さない。これは、〝存在を消せ〟と名づけたふたりのゲームだった。できるだけ長いあいだ、声を出さず、振り向かずに、受け身でいなければならない、というルールだ。相手の動きに導かれて反応するのはかまわないが、自分からはどんな動作であれ仕掛けてはいけない。受け身であり続けることが、どうしてもできなくなるまでは。

手がルミッキの肩を温かくなでる。ゆっくりと腕をなで下ろし、また上がってくる。手の動きにつれてぬくもりが移動するのを感じる。手はむきだしのうなじへ移り、ごく軽く触れてくる。冷たいさざ波と熱いさざ波が背筋を駆け下りた。ルミッキはもう振り向いてしまいたくなるが、じっとして、と自分に言い聞かせる。唇がうなじにすばやく触れてくると、さざ波は膨れ上がり、ほてった奔流になった。ルミッキの唇からは焦がれるような声が漏れそうになり、しかし歯を食いしばって、黙っている。

唇がうなじにとどまって、羽根の軽さで攻めつづけるあいだに、手はルミッキの脇腹をなで下ろした。シャツのすそからふいにもぐり込んできた手は、どちらへ行こうかと考えているかのように、お腹の上でしばし立ち止まっている。

続けて、とルミッキは願った。上へ行っても、下へ行ってもいいから。続けてくれるなら、どっちでも同じこと。

しばらく迷った後、手は再び上へと向かい、ルミッキの裸の胸をとらえた。同時に、うなじに当てられている唇が、最初は軽く、だんだんと強く、肌を吸いはじめる。ゲームを続けるために、ルミッキは必死で我慢しなければならなかった。それでもまだ降参する気はない。長く続ければ続けるほど、燃え上がることはわかっている。

ふたつの手はまず乳房の側面をなで、やがて胸全体を、さらに強く、さらに明確な意図をもってまさぐりはじめた。指が乳首を探ってくる、乳首は硬く、ルミッキがどう感じているか明かしてしまう。相手の唇がうなじから首の脇へ移って、キスをし、肌を吸い、甘噛《あまが》みし、ルミッキは、自分という存在が、溶けて蒸気を上げている、光に満ちた、脈打つ純粋な欲望になるのを感じる。

片方の手が胸を愛撫《あいぶ》しつづけ、もう片方が下に向かってきて、腹部を通過し、ショーツのへりから脚のあいだへともぐり込んでくると、ルミッキの唇からは歓喜のうめき声が漏れ、彼女はゲームに負けたことを知った。

なんという歓喜だろう、それはすばらしい敗北だった。

ルミッキは全身汗まみれになって目を覚ました。どこもかしこもじっとりと濡れている。時計を見ると、午前三時を指していた。湿った上掛けを脇に押しやる。それでも楽にならない。暑い夜の熱気と、さっきの夢の感覚に、しっかりととらえられてしまっていた。

どうして終わってくれないのだろう？　どうして過ぎ去ってくれないのだろう？

暑いのはしかたなかった。いまはそういう季節なのだ。自分の力ではどうしようもない。しかし、さびしさはどうして自分を解放してくれないのだろう？　夢はどうして自分を苦しめつづけるのだろう？　どうしていまだに恋しさが消えず、ため息が出てしまうのだろう？

そんなことをしても、なんの意味もないのに。

あれからすでに一年経《た》つ。ひと夏しか続かなかったことなのに。たったひと夏の思い出なら、これまでのうちに薄れてもよかったのに。せめて、思いだしてもあまりつらくない、ぼんやりした記憶に変わってもよかったのに。

暖かい季節になり、夏が扉の前まで忍び足でやってきて、やがて扉から中へ飛び込んできても、ルミッキの気持ちはかえって沈み込む一方だった。暑さは手足と肌を目覚めさせ、記憶を呼び起こした。むきだしの腕を軽くなでる優しい風は恋しい人の手のようだった。太陽は愛する人のまなざしのように熱を放った。夏の只中に目を覚ました肉体が、一年前には毎日身近にあった触れ合いを求めてしまう。

だれかのことが恋しくて切ない気持ちと、うまくつき合っていくのは難しかった。この感情はこちらの許しなど得ようともしない。時間も場所も選んでくれない。理不尽で、強引で、貪欲で、身勝手だ。思考を鈍らせ、かと思えば必要以上に研ぎ澄ましてしまう。切なさはこちらが無条件降伏することを望んでいるのだ。ルミッキは切なさを相手に抵抗を試みたが、無駄だった。さびしい気持ちになどなりたくないのに、さびしくなってしまう。思いだしたくなどないのに、夢と体が覚えている。ひっきりなしに思いだしてしまう。

切なさには物理的な力があった。それは、めまいだった。それは、胃が締めつけられる感覚だった。腕に抱いてくれる人がおらず、ひとりで眠るベッドの中で、自分の体を抱きしめずにいられないという欲求だった。なでたい、触れたい、愛したいと痛いほど望む指先に、切なさが宿っていた。そのせいで指は落ち着きなく動いてしまい、コートのファスナーやパーカーのひもをもてあそんだり、手当たり次第に小さなものをいじったりした。切なさのせいで歯が下唇を噛み、唇はじきに裂けて血がにじんだ。ばかなことをしていると、わかってはいた。切ない気持ちを持つなんてこれ以上ないほど無意味だと、わかっているのに。

6月18日 土曜日 未明

どこにもない国にあこがれて。

そういうことだ。女性詩人エディス・セーデルグランの詩にあるとおり。ルミッキは、存在しないもの、手が届かないものに焦がれている。自分のものになってくれなかった人を恋しがっている。きみのものにはなれない、そう口にした人。自分のもとから、振り返らずに離れていってしまった人。存在しない人を恋しく思うなんて、なんの意味があるだろう。

ルミッキは、そばにいてくれるだれかと信じ合い、分かち合う、そんな関係を取りもどしたくて、切なさに苦しめられていた。けれど本当は、これまでのあいだに痛いほどはっきりと、わかっていたはずだった。恋しくてたまらないその人は、この先そんなものを与えてくれないし、おそらく過去に与えてくれたこともなかったのだと。ルミッキがそう思っていただけだ。思い込んでいただけ。そうだったらいいと、勝手に望んでいただけだった。

「みんな、リエッキって呼ぶ」

炎《リエッキ》。ルミッキが名前をたずねたとき、その人はそう答えたのだった。

「みんなが？」

「みんなが」

名前の話はそれで終わった。それに、リエッキ——炎というほうが、本当の名前よりその人にふさわしくもあった。ただ、どれが本当の名前といえるのか、決めるのは難しい。これは、けっして単純なわかりやすい話ではなかった。

いずれにせよ、リエッキは名前のとおりの人だった。光と熱を放ち、燃え上がり、常に動き、揺らめき、絶え間なく姿を変え、温め、焼けつかせ、眺めていれば美しいが、危険な香りをほのかに発散してもいる。

「まさか、体のものすごく個人的な部分に炎のタトゥーを入れてるなんて、いわないでしょうね？」

初めてのデートのとき、ルミッキはそういって相手をからかった。

6月18日 土曜日 未明

「それよりひどい」

「うそでしょ？」

「ほんと。タトゥーの図柄は、巨大な火の玉の大群なんだ」

リエッキはコーヒーカップ越しにルミッキをじっと見つめてきた。氷のようなライトブルーの目に浮かぶまなざしは強く、ルミッキは理由もないのに顔が赤らむのを感じた。理由があるとしたら、火の玉のタトゥーなんてぱっと見てもわからないけど、体のどこに入っているのだろう、と考えていたことくらいだ。腕はノースリーブのシャツのせいであらわになっているから、少なくともそこじゃない。背中か、お腹か、それとも……。

リエッキは黙ったままにっこりと微笑んだ。

「なに？」ルミッキは聞かずにいられなかった。

「きみの顔」

頬の赤みがますます濃くなるのがルミッキにはわかった。ものすごい腹立たしさを覚えたが、どうしようもない。

リエッキはテーブルの上に身をかがめると、うなじが見えるように首を曲げた。ルミッキにはすぐにわかった。

「ふたご座の形」と、ルミッキはいった。

リエッキは身を起こし、驚いた顔でルミッキを見た。

「どうしてわかった？」

「ふたご座はあたしの好きな星座なの」

ふたりはしんと静かになった。まるで、なにか不思議なきずながふたりにそっと触れてきて、かけがえのない特別なことがいままさに起こりつつある、と語りかけてきたかのようだった。

それは単に、偶然ふたりともコーヒーのLをブラックで注文したり、ふたりとも赤いキャンバス地のスニーカーを履いてきたりした、それだけのせいではなかった。ふたりとも同じ星座が好きだという、ただそれだけのせいでもなかった。そのときルミッキはすでに、すべてを言葉にしなくてもリエッキなら自分を理解してくれるかもしれない、と予感していた。生まれて初めて、そんな人に出会ったのかもしれないという予感。

ルミッキの予感は正しかった。

ふたりは、人と人が知り合うときの一般的なステップを一気に跳び越えて、ルミッキが息を飲むほどの深さと激しさを持つ領域へ、まっさかさまに落ちていった。怖いと思うひまがあったら、ルミッキは恐怖を覚えただろう。しかしそんなひまはなかった。なにもかもがそれほどの速さで進んだ。

リエッキが相手だと、ルミッキの防御壁は一瞬にしてこなごなになった。爆破され、跡形もなくなった気がした。リエッキの前だと、ルミッキは完全にむきだしの、傷つきやすい姿になった。リエッキの言動のすべてが音を立てながら弾丸のように飛んできて、あっという間にルミッキの中に深々とめり込み、歓喜と熱と光の花火となって炸裂《さくれつ》した。そんな経験はまったく初めてだった。当惑し、どきりとさせられ、いてもたってもいられない気分にさせられた。

ふたりはお互いに、聞かなくても相手のことがわかっていた。知らぬ間に知っていた。ふたりとも相手の好きな食べ物がわかったし、相手の好きな本を言い当てることができた。相手がどんなときに喜びの涙を流し、どんなときに悲しくて泣くか、知っていた。相手の言葉に自分の言葉を重ね、相手のいいたいことを補足し、同じタイミングで同じことを考え、同じ歌を聴いた。ふたりの波長は、ルミッキには信じられないほど完璧《かんぺき》に、ぴったり重なり合っていた。ほとんど超自然現象のようで、奇跡だと思えた。

もっとも、ふたりのつながりは、実際には超自然的でもなんでもないと、ルミッキは考えていた。初めて会ったとき、ふたりは互いの中に自分ととてもよく似たなにかがあるのを感じとり、そのせいで引きつけ合ったのだ。

ふたりとも、相手の表情や仕草や態度から、相手があえて口には出さなくても意識の底にしっかり焼きつけているもの、深い知識の一部として持っているものを、読みとることができた。そんなことができたのは、それまで生きてきて経験したもの、見たもの、聞いたもの、感じたもの、読んだもの、味わったもの、においをかいだもの、そのすべてが、ふたりの中に痕跡《こんせき》を残していたからだった。経験したことのすべてがふたりの中に積み重なり、深いレベルの知恵をつくり上げていたからだった。そのおかげでふたりとも、相手の中にある自分と似た部分や、互いを結びつけるきずな、強いつながりに気づくことができたのだ。

気づいてしまったら、避けて通ることはできない。受け止めるよりほかない。ルミッキはそう考えた。そして、自分を守ろうと努力するのは完全にやめた。リエッキに対して自分自身をさらけだしたのだ。リエッキが近づいてくるのを受け入れ、熱をほとばしらせるのも許し、その熱を受け止めた。やけどをするかもしれないと予想はできたが、そのリスクは負うことに決めた。一瞬たりとも迷わずに。

リエッキと付き合いはじめる前のルミッキは、自分にとってなにより難しいのは人と物理的に接近することではないか、と思っていた。学校で何年も暴力をふるわれ続けた経験は、ルミッキの中に触れられることへの恐怖を残していたし、それは嫌悪とさえ呼べる感情だったからだ。

自分のテリトリーに知らない人間が入ってくるなんて、耐えられない。本当のところ、知っている人間でさえ楽に耐えられるわけではない。他者がいつ、どんなふうに自分に触れてくるか、自分で決められる状況がいい。自分からだれかほかの人に触れたいという欲求は、いかなる形であれ、ごくまれにしか感じなかった。以前のルミッキは、自分がだれかと付き合ったり、だれかを愛したりすることなどありえないのではないか、とさえ考えていた。他人がキスできるほどそばに寄ってくると思うと、虫唾《むしず》が走ったから。

しかし、リエッキとのあいだの精神的な距離がまたたく間に埋まってしまうと、すぐに物理的な距離をも埋めたくてたまらない気持ちになってきた。そばにいたい、肌がぴったり触れ合うほど近くにいたいという欲求は強烈で抑えがたく、そのことにルミッキは驚かされた。

6月18日 土曜日 未明

三度めのデートの場所はルミッキの部屋で、ふたりはキッチンのテーブルの前にすわり、やはりコーヒーを飲みながら、おしゃべりしたり笑い合ったりしていた。付き合っているあいだ、ふたりは幾度となく一緒にコーヒーを飲むことになったが、ふたりのどちらもマグカップを空にできずにいるうちに、コーヒーはいつもすっかり冷めてしまったものだった。

ルミッキはマグカップを両手でぎゅっとつかんでいた。リエッキの腕に触れたい、頬をなでたい、短い茶色の髪に指を通したい——その思いをかなえるために手を伸ばしてしまわないように。唇はカップのへりに強く押し当てていた。本当はリエッキの唇に押し当てたいと思いながら。そんな経験は初めてだった。脈拍がとんでもない数値になっていた。体の中は頭のてっぺんから爪先まで震えていたが、それを外に出さないよう努めた。

ルミッキはなんでもないふりをして、軽いおしゃべりを続けようとした。しかしどこかの時点で、リエッキがどんな返事をしているのか、もうまったく耳に入らなくなった。リエッキとキスすること以外、なにも考えられなくなっていた。自分の手がリエッキのあごを、優しく、しかしきっぱりととらえ、薄氷のような目の奥底をのぞき込んで、キスをする場面ばかりが目の前にちらつく。ルミッキはそれまでだれとも特別なキスを交わしたことがなかったが、そのときの欲望はあまりに強く、自分にできるだろうかとか、どんなテクニックを使えばいいかといった考えは、頭に浮かびもしなかった。

感情にテクニックは不要だ。感情は純粋な、燃えさかる炎だった。

ふいにリエッキが顔を赤らめた。髪に手をやってくしゃくしゃにし、少年めいた笑みを浮かべる。その瞬間、ルミッキはもう我慢ができなくなった。マグカップをテーブルに置く。コーヒーが跳ねて、カップのふちからしずくがこぼれた。一瞬ののち、ふたりは椅子の上で無理な姿勢を取ったままからみ合い、やがてキッチンの床に立ち上がると、椅子が音を立ててひっくり返った。ルミッキは思いつくかぎり体のあらゆる部分をリエッキにぴったりと押しつけた。ふたりの口はひとつになった。ふたりは互いに熱を与え合った。ふたりの手は触れるべき部分を次々と求め合った。

すべては自然の流れで起きたことだった。ルミッキは出来事の中心にいて、その一部でありながら、同時になぜかその外側にもいた。ルミッキには、自らの動きを、自らの欲求を、コントロールすることができなかった。そこから離れろと自分に命じることができなかった。たとえ外の世界が爆発しても、キスをやめることなんかできなかっただろう。しかし爆発したのは外の世界ではなかった。爆発はルミッキの中で起きていた。

ふたりとも時間が足りない気がしてもどかしく、それでいて、この世のすべての時間がふたりのためにあった。どこまでなら進んでいいか、口には出さなくてもお互いにちゃんとわかっていた。むさぼるように求め合っても、一部には手をつけずに残しておくことを心得ていた。経験したいことがあっても、次の機会のために一部を取っておく、ふたりともそれができた。さらにその一部を、また次の機会のために。

ふたりは地図もコンパスも持たない探検旅行の途上にあった。いくつもあるはずの財宝は、少しずつ、ゆっくり発見していきたいと、ふたりとも望んでいた。ひとつひとつに、発見すべき最高のタイミングがあるはずだから。

やがてマットレスの上にリエッキと並んで横たわり、はずんだ息を整えながら、旅はまだ始まったばかりなのだとルミッキは考えていた。旅の行き先がどこなのかまだわからない、それがすばらしいと思った。

リエッキとの旅は途中で終わってしまった。そのこともまた、後から考えるとどうしても納得できなかった。お互いに、見せたいものが、教えたいことが、一緒に経験したいことが、まだたくさんあったはずなのに。ルミッキにはそれがわかっていた。

9

6月18日 土曜日 未明

もちろんルミッキにはわかっていた。最初から。初めて会ったとき、リエッキのライトブルーの瞳に腹が立つほど長いこと視線を釘《くぎ》づけにされてしまった、あのときから。後から考えても、どうしてわかったのか、具体的な理由はなにも思いつかなかった。あごの曲線のせい？　筋肉質なのにさほど広くない肩のせい？　深みがあって思索的な、しかしきわめて低音とはいえない声のせい？　ほっそりときれいな指のせい？　なんとなくわざとらしさを感じさせる、ゆったりと男っぽい歩き方のせい？

なにか具体的な出来事とか特徴とかのせいで気づいたのではない。リエッキは、まちがいなく若い男の子に見えた。リエッキは男性だった。

ただ、完全にそうではなかった。そのときは、まだ。肉体的な存在としてのリエッキは、内面との一致を目指して旅の途中にあったのだ。ルミッキにはすぐにそれがわかった。しかし、そのことはルミッキにとってなんの意味も持たなかった。ルミッキにとってリエッキは、ひと目見たときからリエッキであり、男性であるとか、男性になる旅の途中にあるとか、そんなことはどうでもよかった。リエッキは、中間形でもなんでもない、完全な、完璧な存在だったのだ。

だから、リエッキが苦しげに、つっかえながらそのことを打ち明けてくれたとき、ルミッキは大きな戸惑いを感じたし、もういいから黙って、といいたくもなったのだった。ルミッキからすれば、打ち明けなければならないことなどなにもなく、秘密も、暴露すべきこともなかった。性同一性障害とか、性別適合手術とそのプロセスとかいった言葉に、ルミッキは違和感を覚えた。怖いとかぞっとするとか、そういう理由ではない。こういった言葉は、本人に関係のない、他者による定義づけにほかならないからだった。人を勝手に分類し、診断し、境界線を引き、しまっておくべき戸棚を見つけようとする、他者の欲求に基づく言葉にすぎないからだった。

ルミッキにとって、リエッキはリエッキだった。それと同時に、写真の中で七歳の子どもらしくのびやかに笑っていた、ラウラという名の少女でもあった。

去年の夏、リエッキの両親が所有するコテージに行って、丸一週間ふたりきりで過ごしたときに、ルミッキは写真を何枚か見つけだしたのだった。

写真を見ると、リエッキはみるみる機嫌が悪くなった。

「どこかへやってくれないか？　むりやり髪をおさげに結われていて、そんな自分を見るのはいい気分じゃない。その髪型は大嫌いだったんだ、本当はうんと短い髪がよかったのに」

「かわいいと思うけど」

「ああそうだよ、頭にリボンをくくりつけられたペットのプードルと同じくらい、自然な姿だよ。屈辱的だ」

ルミッキは写真をすべて片づけた。それでも写真は心に焼きついていたし、だからこそルミッキにとってリエッキは、写真の中でにっこり笑っていたおさげ髪のラウラでもあるのだった。

同じように、ルミッキにとってリエッキはラウリでもあった。一連のプロセスが完了すれば、この男性名がリエッキの正式な名前になる。

リエッキ、ラウリ、ラウラ。ルミッキにとってこの三つの名は、ひとつの人格の中になんの矛盾もなくすんなり収まるものだった。ルミッキから見れば、なにもおかしくないし、難しいこともなく、問題があるとは思えなかった。しかしリエッキ自身にとって、ことはそれほど単純ではなかった。

「ぼくは子どものころから、自分がどこかまちがってると感じつづけてきた。まちがった名前、まちがった服、自分自身の外見もまちがってる。やることなすこと、まちがってる。そうじゃなければ、みんながぼくを見て、ぼくがどんな人間か勝手に決めつけてくるけど、本当のぼくはみんなの思ってるのとまるでちがう、そんなふうに感じてきた」

「ほかの人のことなんて、かまう必要はないじゃない」

「きみに知らせておきたいことがある、ルミッキ。この世界には、ほかの人間がどうしたって存在しているんだよ。そいつらとはなんらかの形で一緒にやっていかなくちゃならない。仕事とか、趣味とか。とにかく一緒に生きていかなくちゃならない。そして、そいつら全員が、きみみたいに心が広いわけじゃないんだ。それはきみだって知っているはずだ。きみなら、だれよりもよくわかっているんじゃないのか」

そこまでいうと、リエッキは目をそらした。リエッキが歯を食いしばり、そのせいであごがぐっと引き締まるのを、ルミッキは目にした。

ルミッキが学校で暴力を受けていたことを引き合いに出すのは、ちょっとフェアではないと思った。第一あれは、心の広さとか、視野の広さとか、そんなこととは断じて関係がなかった。あの連中は、ルミッキがなにをしようと、なにをいおうと、それには関係なくルミッキを嫌っていて、ルミッキにはどうしようもなかったのだ。ルミッキはただ、残酷な偶然によって犠牲者に選ばれてしまっただけだった。暴力は単純に暴力であり、傷つけてやろう、自尊心をこなごなにしてやろうという純粋な欲求であり、ただそれだけだった。

リエッキとルミッキのやり取りはいつしか議論になり、議論は口論になった。口論するたびに、ふたりは同じところをぐるぐるとまわり続けた。リエッキにいわせれば、ルミッキはわかっていないし、いってることが偉そうだし、ことの重大さをみくびっている、というのだった。ルミッキは、なにがあってもリエッキの支えになるから、と幾度となく約束したが、リエッキのほうは、自分が感じている苦しみや痛みやむなしさがどんなものか、ルミッキにはけっして理解できない、というばかりだった。

「きみにとって、自分の体はいつでもまちがいなく自分のもので、それが当然だっただろう。考える必要なんかなかったはずだ」

リエッキはそういって譲らなかった。

そうかもしれないとルミッキは認めた。だけど、だからといって、どうしてリエッキのそばにいてはいけないのだろう？

「適合プロセスが先の段階に進んでいくと、ぼくはおそらく、一緒にいるのがとても耐えられないような、ひどい人間になってしまうだろう。正直いって、自分でも自分に耐えられるかわからないと思ってる。ただ、ひとつだけいえるのは、相手がだれであれ、他人の幸福だの健康だのに責任を負う余裕なんて、そのころのぼくにはないだろうってことだ。ぼくはひとりでいたほうがいい。さもないと、わけもなくきみを傷つけてしまう」

反論しても無駄だった。それはルミッキにもすぐにわかった。リエッキはそのとき、すでに結論を出してしまっていた。すでに選択を終えてしまっていた、そして、リエッキが選択した未来に、ルミッキは含まれていないのだった。

ルミッキはホステルのベッドの上で寝返りを打って腹ばいになると、形が崩れ、とっくの昔に弾力を失っている枕を握りこぶしで叩いた。きっちりと徹底的に片づけて、心の奥の暗い隅に追いやっておいたはずのどす黒い感情が、またしても這《は》いだしてきた。

リエッキはいま、どこにいるのだろう？　だれと一緒だろう？　他人の目を気にしなくていいコテージの桟橋で、リエッキのかたわらに裸で寝そべることを許された少女が、すでにいるのだろうか。リエッキはその少女に忍び寄り、やわらかくて強い手を彼女のお腹にそっと載せる。そして、目を閉じたまま微笑んでいた少女がやがて下唇を噛み、その呼吸が速まっていく様子を、じっと眺めている。リエッキはまだ、お腹のすべすべした肌に手を当てているだけで、ほかにはなにもしていないのに。

いまこの瞬間に、別のだれかがリエッキを笑わせているのだろうか。あの氷の瞳の中に、喜びがぎゅっと凝縮したかのような光がともっているのだろうか。そう思うと、ルミッキは耐えられなくなった。耐えるなんて不可能だった。その思いはルミッキを内側から引き裂き、口の中にはひどい味がせり上がってきた。自分の感情が混乱しているのはわかっていたが、どうしようもなかった。

この状態が、ルミッキにはなによりも腹立たしかった。自分を捨てることを選んだ相手のせいで嫉妬《しっと》にさいなまれている、ということが。リエッキが、ともに過ごす相手をすでに見つけたかどうか、はっきり知る手立てはないのに、ルミッキは目がかすむほどの嫉妬を覚えている。はっきりわからないという、そのことこそが、最悪なのかもしれなかった。もしも知ることが可能なら、怒ったり、苦々しく思ったり、悲しんだりすることもできたかもしれない。しかし、いまはただベッドの上で寝返りを打ちつづけ、枕を叩きながら、もしかして……と考えることしかできずにいる。

ルミッキは最悪のパターンを想像した。考えつくかぎり最高に美しい少女、だれよりも鋭くて筋のとおった意見を持つ少女、だれよりもおもしろい話ができて、身のこなしはだれよりもしなやかな少女。その少女は、幸せと欲望と愛でリエッキの頭の中をめちゃくちゃにしてしまい、リエッキはルミッキと一緒にいたことなど思いだしもしないのだ。

こんな妄想で自分自身を拷問にかけるなんて死ぬほどばかげていると、ルミッキにもわかってはいた。朝になれば、どす黒い思いはすべて青ざめ、色あせ、ちっぽけで縮こまった姿に見えてくるだろう。どうしてあんなつまらないことを考えるのに時間を使ってしまったのかと、不思議に思うだろう。いかなる意味でももはや自分の人生の一部ではない相手を思って嫉妬にもだえ苦しむなんて、もうやめよう、と決心するだろう。

それでもルミッキにはわかっていた。いずれまた、真っ黒な思いが、せき止めるものもないままになだれを打ってあふれだし、頭上を越えて、自分を飲み込んでしまう夜が来るだろう、ということが。

6月18日 土曜日 未明

ふたりが最後に会ったのはタンペレ市内の公園の一角、ナシンカッリオと呼ばれる小高い丘の上で、秋の冷たさを含みはじめた風が木々の葉をざわめかせていた。葉の一部はすでに黄色く色づき、ナシヤルヴィ湖がサルカンニエミ遊園地の前に白波を立てて打ち寄せていた。

今年の夏は風が強いね――

『山賊のむすめローニャ』に登場する少年ビルクのせりふが、ルミッキの心の中でぱちぱちとはぜていた。スウェーデンの作家アストリッド・リンドグレーンが書いた、子どものためのお話。しかしもう、風の強い夏ではなかった。夏は過ぎてしまった。終わろうとしていた。風はリエッキの髪にも吹きつけて、くしゃくしゃに乱した。その髪に手を伸ばして整えてあげることはもうできないのだと、ルミッキには苦しいほどはっきりとわかった。目の前の相手に触れる権利はルミッキの手から奪われてしまっていた。

ふたりのあいだに生じた隙間はナシンカッリオの岩よりも冷たく、その距離はナシヤルヴィ湖よりも広かった。それに対してルミッキは無力だった。距離を取り除くことができなかった。まだ燃えさかっている熱を体の中から取りだして、ふたりのあいだに置くことも。リエッキはドアを閉ざしてしまった。もう、ルミッキと目を合わせることさえしてくれなかった。

最後に会ったそのとき、ふたりはいくらか言葉を交わしたのだが、ルミッキの記憶にいちばん強く残っているのは、静けさだった。それは、互いに安心感を覚えるような、居心地のよい穏やかな静けさではなかった。そんな静けさがふたりに訪れたことも、かつては幾度もあったのだ。しかしそのときの静けさは、空虚で、人を凍えさせ、肺を締めつけてくるものだった。静けさは叫び声を上げ、空白を埋める言葉を要求したが、いうべき言葉はふたりとも持っていなかった。

言葉は使いきってしまった。食べ尽くしてしまった。はっきり口から出されたことは一度もなかったものの、ふたりをひとつに結び合わせていた約束は、破られてしまった。

だしぬけにリエッキが片手を伸ばしてきて、ルミッキの手を取った。触れられたとたん、ルミッキは思わずぞくっとした。何百万という電気的な刺激が、手のひらから腕を伝って、体のあらゆる部分に送り込まれてきたのだ。とりわけ、下腹部に。なんてことだろう。どうしてリエッキが、ルミッキの感覚に対してこれほど大きな力を持たなくてはならないのだろう。ルミッキは無意識のうちに目を閉じ、リエッキがいつかしてくれたのと同じことを、もう一度してくれないかと願った。いつかと同じように手を持ち上げ、手首の内側が見えるよう上に向けて、その部分の肌に優しく、しかし有無をいわさぬ強さで唇を押しつけてほしかった。あれほど瞬時に、あれほど抵抗できない力をもってルミッキの心を乱したものは、ほかになかった。

リエッキがしたのは別のことだった。ルミッキは手のひらになにか金属製のものが触れるのを感じた。リエッキの手が、自分の指を折ってなにかを握り込ませ、それから離れていくのを感じた。ルミッキは目を開け、手を持ち上げて指を開くと、そこにあるものを見た。それは銀製のブローチで、完璧な美しさの竜がとぐろを巻いている姿をかたどったものだった。

「きみに。だれでも自分だけの竜を持つべきだから」

リエッキは静かにいった。

ルミッキの目に涙が盛り上がってきた。口に出しては、なにもいわなかった。なにかいうことなどできそうになかった。感謝の言葉さえも。

ブローチはいまでも持っている。ただ、見ることは一度もできずにいた。それでもルミッキは、ブローチの特徴を細かいところまですべて思いだすことができた。手のひらに感じられたその重みも、これ以上ないほど繊細なうろこの感触も、ひんやりとした金属が肌のぬくもりで温かくなっていくさまも。

だれのものでもない、ルミッキだけの竜。

けれど、人生から炎が消え去ったというのに、竜を持っていてなんになるというのだろう。

6月18日

土曜日

10

慈悲深いカルト集団というのは存在しない。それが、十分な時間をかけて調査した結果、イジーが達した結論だった。徹夜に徹夜を重ねて、調書や報告書、個人の体験談や伝記、ネット上の掲示板などを読みあさったのだ。

彼が目にした資料は、まちがいなくそのすべてが、なんらかの形で闇を感じさせ、不穏だった。愛と、花と、ふわふわのウサギ、そして世界平和といったイメージばかりを前面に出している団体でさえ、それは同じだった。そういうイメージは見せかけにすぎないのだ。団体の背景を調べると、必ずなにかあやしげなもの——支配欲、性的虐待、薬物、危険な儀式といった要素が出てきたし、そこまでいかなくても、異様な食生活や劣悪な衛生状態といった事実が明らかになった。

いまのイジーは、危険な教団、カルト集団ならではの特徴がどういったものか、知りつくしている。

それはたとえば、指導者を中央に据えた、白か黒かといった単純な世界観であり、一般社会からの隔絶だった。強力な、多くの場合カリスマ性を備えた指導者の存在と、善悪を定義し、なにが正しくなにがまちがっているかを決める厳格な基準なくしては、この手の教団は存続が難しい。教団の説く真理だけが唯一の正しい真理だ、という確信こそが教団内部の結束を強め、信者たちは、自分たちのためだけによりよい未来が――あの世においてか、どこかよその惑星においてかはともあれ――用意されていると信じるようになる。われらは選ばれし者たち。選別されし者たち。消え去る運命を免れる者たち。そう考えはじめる。

イジーが取材に必要な知識を仕入れるために調査したカルト集団の中に、ヘヴンズ・ゲートと呼ばれる団体があった。七〇年代のアメリカで、マーシャル・アップルホワイトという男が仲間とともに創設したカルト集団だ。アップルホワイトはその後も指導者として集団を率いており、その教義はキリスト教の信仰とUFO信仰を融合させたものだった。信者たちは互いに兄弟、姉妹と呼び合い、カリフォルニアに借りた大きな家で共同生活を送っていたが、彼らはこの家を〝僧院〟に見立てていたという。

ヘヴンズ・ゲートの信者たちが部外者に連絡を取ることは、一切なかった。アップルホワイトは自ら進んで去勢手術を受け、五人の信者がそれにならって同じ手術を受けている。信者たちは、宇宙からの訪問者が自分たちに平安をもたらしてくれ、地球以外の惑星に自分たちのための家を用意してくれる、と信じていた。

それだけならさして問題はない。なにを信じようと、自分の体にどんなことをしようと、個人の自由だ。彼らの運命が悲劇へと転じたのは、指導者アップルホワイトが、ヘール・ボップ彗星《すいせい》の陰に隠れてやってくる宇宙船に魂を乗せれば旅立つことができる、と信者たちに信じ込ませたことだった。一九九七年三月、アップルホワイトに導かれて、四十人近い信者たちは数日のうちに次々と自殺を遂げてしまったのだ。

残念ながら、ヘヴンズ・ゲートは唯一の例ではない。人民寺院、ブランチ・ダビディアン、太陽寺院……名前だけ見ていれば優しげで、美しくさえあるが、これらカルト集団の運命の行きつくところは、例外なく悲劇と人々の死だった。

やがて、信者を死に追いやるだけでは飽き足らず、教団外部に犠牲者を求めようとする集団があらわれる。一九九五年、オウム真理教と名乗る集団が、東京の地下鉄で神経ガスのサリンをまくというテロが発生。この事件により十数名が命を奪われ、何千という人々が障害を負った。

これらの集団について調べれば調べるほど、イジーの嫌悪感は増していった。この手のカルト集団のもくろみを阻止するために少しでもなにかできるなら、自分の仕事も無駄ではなかったと感じられるだろうと、イジーは思った。

いまイジーは、目の前にすわっている男の顔を眺めながら、この男が信仰を失い、沈黙の掟を破る気になったのはいつごろだったのだろう、と考えていた。男の姿は、生まれてこのかた毎日のように殴られつづけている、やせこけた犬を思わせた。体つきはひよわな感じで、ただでさえ狭い肩幅は、体を縮こまらせているせいでますます狭く見える。その黒い目はカフェの店内を絶えずきょろきょろと見まわして、ほかのテーブルにいる客の様子をうかがっており、イジーがいくら相手の視線をとらえようとしても、目を合わせていられるのはせいぜい数秒間だった。

6月18日 土曜日

まだ四十代のはずなのに、五十歳を過ぎているように見える男。彼にも、われこそは神に選ばれし者、と心から信じていた時期があったのだろうか。あったはずだ。そうでなければ、いままで教団にとどまっていたわけがないのだから。

男は自分のことをほとんど話さなかった。名乗りもしなかったが、そんなことはもとよりイジーも期待していない。

イジーは職場の上司から、この男なら説得すればビデオカメラの前での匿名インタビューに応じるかもしれない、と示唆されたのだった。その情報の出どころがどこなのか、上司は明かしてくれず、イジーもあえて聞かなかった。あまり多くを聞いてはいけない、そのことはすでに学んでいる。スクープの核心になる情報を提供してくれる人間が、金の皿に載せられて目の前に運ばれてきた以上、どうして運ばれてきたのかと不思議がっているひまはない。チャンスが来たら、つかみとれ。それが、生きていく上でイジーが採用している行動原理だった。

「つまり、私の身元に気づく人はだれもいないと?」

男はさっきから何度も繰り返した質問をまた口にした。

イジーは、またか、と思いつつため息を飲み込んで、辛抱強くもう一度説明することにした。

「それこそが匿名インタビューの趣旨なんですよ。あなたが話すときはカメラに背を向けていただいて、体つきの特徴がわからないように、たとえば映像に加工を施すこともできますし、大きなパーカーみたいなもので体形を隠してもらってもいい。音声だって、完全に変えますから」

ふたりがすわっているのは街角にある薄暗いカフェの隅の席で、男の片手は不安げに動き、支えを求めるようにもう一方の手へと伸びた。祈りを捧げるのと同じ仕草で左右の手を組み合わせては、またほどき、片手の親指でもう一方の手の甲をなで、爪の甘皮をむしる。その手が異様にかさついていることに、イジーは目を留めた。教団の中では、ハンドクリームなど必要不可欠とはいえない基礎化粧品のたぐいを使うことが禁じられているのかもしれない。

「われわれは全部で二十人ほどいる。暮らしているのは街の中心部から少し離れた場所だ」

男は声を低くしていった。

「具体的には、どこですか？」

イジーが突っ込むと、男は激しく首を振った。

「それはいえない」

いまはまだ、とイジーは心の中でつけ加えた。いずれ、この男の信頼を勝ち得て、住まいの正確な場所を自分から口にするよう仕向けるつもりなのだ。ただ、いまの段階では無理強いせずに、質問を変えたほうがよさそうだった。

「メンバーになって、もう長いんですか？」

「私は初めから参加していた。もう二十年以上になる。最初は小さなグループだったが、歳月が過ぎるうちに、だんだんと家族に属する者たちを見いだしていった」

6月18日 土曜日

「生活費はどうしているんです？　みなさん、仕事に通っているとか？」

「そういう者もいる。収入はすべて共有し、家族全員のために使う。ほかの者より多くを得る者は、ひとりとしていない。家族の一員になったとき、われわれはすべての私財を家族に捧げたのだ」

「つまり、一種の共産主義みたいなものってわけですかね？」

イジーは雰囲気をやわらげようとしていった。

男の目つきが険しくなり、ひたとイジーをにらみつけてきた。ジョークを飛ばそうという試みは失敗したようだ。

「われわれはきわめて禁欲的な生き方をしている。ほんのわずかなものしか必要としない。世俗の物事はすべて、結局は無意味であり、過剰なのだ」

そう語る男の声には、悲しみと誇りが奇妙にいりまじっていた。人生の盛りの時期を、人間性が否定された環境で過ごしてしまったのだと気づき、それでも自分の選択は正しかったと信じようとしている、そんな感じだ。

イジーは相手をせかすつもりはなかったが、内心、もっと具体的な情報がほしいと考えていた。これまでのところ、特に引っかかりを覚える話題はなく、数十年に一度の特ダネを取材しているという感触が得られずにいる。だれかがどこかの生活共同体の一員になろうと、来る日も来る日も神に祈りを捧げて暮らそうと、それ自体は個人の自由だ。そんな話からスクープは生まれない。「さあみなさん、ここに狂信的信者の集団がいますよ」というだけでは、ニュースにならないのだ。〝狂信的信者〟の暮らしぶりをのぞき見することに人々が興味を示すとしても、やはりそれだけでは足りない。

「みなさんのところには、小さな子もいるんですか？」しまいにイジーはそう聞いた。「教団のメンバーが掟を破ったときは、どんな罰を受けるんです？」

「われわれは教団という名は使わない」すかさず男がいった。「われわれは、家族なのだ」

「じゃ、家族と呼ぶことにしましょう。どういう名前で呼ぶかってことに、意味なんかありませんからね」

「意味ならある。なぜなら、われわれは本当の家族だからだ。〈白き家族〉だ」

イジーは相手の言葉をメモした。ひょっとして、その名前にはなにか意味があるのかもしれない。しかし、もっと大きな意味を持つのは、このタイミングでメモ帳にペンを走らせたことで、相手の言葉を尊重しているという印象を与え、よりたしかな信頼を得られた、という事実だった。

「あなたがたのうちだれかが、特定の敵について話していたことはありませんか？　いや、魂の敵ではなく、この地上における敵という意味ですが」

イジーは踏み込んだ質問をぶつけてみた。

上司からこの教団をマークせよと命じられたのには、なにか理由があるはずだ。なにか後ろ暗い、おそらくは危険な秘密があって、イジーはそれを暴かなくてはならない。

男は周囲に目を走らせていたが、やがてイジーに顔を寄せてくると、声を潜めて話しはじめた。

「実は、この地上に……」

そのとき、ふたりがすわっている隅の席にだれかが近づいてきた。男は耳元で風船が割れたかのようにびくっとした。イジーは脇を通り過ぎていく人物に目をやった。ごく若い女性で、トイレに行こうとしているだけだ。茶色のショートヘア、黒いタンクトップを着ている。ふだんのイジーなら、あらためてよく見ようなどと思いもしない女の子だった。おまけに観光客らしいから、仮にこちらの会話を聞かれたとしても、内容を一言でも理解される恐れはないだろう。

しかし、せっかく男とイジーのあいだに生まれていた信頼関係には、ひびが入ってしまった。男の目に不安が宿り、イジーはそれを追い払うことができなかった。今日はもう、これ以上なにもしゃべってくれそうにない。恐怖とパニックのせいで、男が瞬時にして自分の殻の中に完全に引っ込んでしまったのを、イジーは感じた。

「いずれにしても、ビデオカメラの前でインタビューに応じていただける、というお約束でいいですね?」イジーは念を押した。「明日はいかがです?」

男はすぐに言葉を返さなかった。ためらいを見せている。

くそったれ。イジーは苛立ちを顔に出さないよう努めた。いまここで圧力をかけすぎたら、すべてを失うかもしれない。相手はこの場を逃げだして、二度ともどってきてくれないかもしれない。いかなるネタも得られずに、手ぶらで取り残されるかもしれないのだ。

6月18日 土曜日

「この同じ場所で、十二時ちょうどにお会いしましょう。その後はスタジオへ移動しますが、撮影にはぼく以外、だれも立ち会いませんので」

イジーは、穏やかで、真剣で、安心感を与えるような調子をキープしつついった。質問したり提案したりするのでなく、明らかな事実だけを伝える口調。自分の言葉と声が徐々に相手を落ち着かせていくのが、イジーにはわかった。

男はうなずいた。動作はのろのろしていたが、うなずいたことに変わりはない。イジーは片手を差しだした。男はその手を長いことじっと見つめていたが、最後には握手に応じた。男の手はかさかさに乾いてざらついており、その感触にぞっとしたことを顔に出さずにいるのは、イジーにとってちょっとした苦労だった。

ふたりは固く手を握り合った。契約書に合意を示す印章を押すのと同じ意味をこめて。やがて、事前に決めておいたとおり、男が先にカフェを出ていった。五分待って、イジーも席を立った。熱くまぶしい日差しのもとに出ると、別の世界に足を踏み入れた気がした。通りの真ん中で、夏服を着た陽気な人々の真っ只中で、歓喜の叫びを上げたい衝動に駆られた。ついにインタビューが実現する。しかも、インタビューの相手はまちがいなく暴露すべき事実を持っている。イジーはそれを確信していた。

女は額に浮かんだ汗をティッシュペーパーで押さえた。暑さは重苦しいほどで、雷雨になりそうな気配が何日も前から漂っている。新聞や雑誌の見出しには、未曾有《みぞう》の猛暑、熱波、といった言葉が躍っていたが、実際にはこの天候もさほど例外的というわけではなかった。報道の最前線は静まり返っている。ふだんなら、女はその静けさが気に入らないところだったが、いまはそうではなかった。静けさが長く続けば続くほど、ことが起きたときの印象は派手になる。

女は雲ひとつない真っ青な空を見上げた。先ほど、一本の電話が入り、指示の内容について確認を求められたのだった。女は、そのとおりでよい、と返事した。情報はすでに、十分に集まっている。これ以上、情報源に用はない。

英雄の物語には、犠牲者と死が必要なのだ。

女はデスクの上のスタイリッシュなチェス盤に目をやった。そこに置いてあっても、チェスに興じるわけではないのだが。女は手を伸ばすと、駒のひとつ、白のポーンを指先でそっとなで、それから軽く小突いて倒した。ゲームの展開をあるべき方向へ導くには、特定の駒に倒れてもらわねばならない局面が、幾度もある。

太陽の光がヴルタヴァ川の水面に優しく降り注ぎ、川はきらきらと輝きながらたゆたっている。

死ぬのにふさわしい、美しい日だった。

猫背気味のその男は、左右や背後にしょっちゅう視線を走らせながら、通りを足早に歩いていた。用心深そうなその男の不意を突くことなど、とても不可能に見えた。男が細い脇道を渡っているとき、突然空中にわいて出たかのように、灰色の車が角の向こうから猛スピードで走ってきた。男は車に気づいたものの、よけるひまがなかった。

男の頭の中を、さまざまな考えや感情が一気に駆け巡った。ついに口を開く勇気を持ったいまになってこんなことが起きるとは、理不尽だと思った。自分のことを悲しんでくれるだろう人々のことを思って、胸が痛くなった。

目撃者は複数いたが、その証言はまちまちで矛盾していた。ある者は車がブレーキをかけたといい、ある者はそうではなかったといった。いずれにしろ、車の前部が男の脇腹に当たり、男の体はその衝撃で何メートルも吹っ飛ばされて、石畳の路上に落ちたのだった。男は敷石で後頭部を強打し、ほどなく赤黒い血の海が頭の下に広がりはじめた。最初に駆け寄った人の証言によれば、即死だったという。

灰色の車は現場から走り去り、そのナンバーをきちんと見た者はだれもいなかった。そもそもナンバープレートはついていなかった、と主張する者まであらわれた。運転席にすわっていたのがどんな人物だったか、覚えている者はひとりもおらず、それが男だったか女だったかさえ、だれの記憶にも残っていなかった。

11

6月18日 土曜日

ゼレンカは窓辺に歩み寄り、この五年間ずっと眺めてきた景色を見やった。ボダイジュの木々は季節の移ろいにつれて葉の色合いを変える。その葉が秋の風に吹かれて散ると、冬には裸の枝が霜で真っ白になり、やがて春が訪れると枝に芽が吹いて、小さな新芽は大きな葉に育っていく。いまはその枝もだいぶ刈り込まれていた。前の日に、家族のひとりであるヤロが、チェーンソーで余分な枝を落としたばかりなのだ。枝を刈り込まれたボダイジュはふだんより悲しげに見えると、ゼレンカは思った。伐採した枝が木々の根元に積み上げてあり、そのさまは土を小高く盛り上げた墓を連想させた。

庭に目を移してみる。鉄製の柵が、鋭くとがった陰鬱な悪夢のように庭を取り囲んでいる。物思いに沈みながら、ゼレンカは指先で窓枠をなでていた。白い塗装はひび割れ、はげ落ちている。窓ガラスをふいておけばよかった、と思った。ぎらぎらとした夏の太陽が、ガラスについたほこりや指紋を目立たせてしまっている。けれど、いまさらガラスをふいてもしかたがない。いまとなっては。

部屋が急に小さくなった気がした。風景が狭苦しく見える。ゼレンカは、もっと遠くまで見渡したい、と思った。家の中にいつも立ち込めている空気、甘ったるいお香のにおいのまじる少しよどんだ空気に、息が詰まりそうだった。いつもなら好きな香りなのに。ふだんはこのにおいをかぐと安心するのに。

いったい自分がどうしてしまったのか、ゼレンカにはわからなかった。この五年間というもの、以前なら考えられなかったほど幸せに暮らしてきたと思う。母のことは悲しくて、さびしくもあったし、ときどきどうしようもなく孤独だと感じることはあったが、それでもゼレンカは満足していた。これ以上ほしいものはなにもない。そう思えるほど、多くのものを手に入れた。自分のことを気にかけてくれ、住む家を与えてくれる人々に出会った。信仰という、自分自身の存在を超えた、偉大で強いものを手にすることができた。この先どんな形で報われることになるか、ゼレンカにはわかっている。

生まれてから十五歳になるまでの歳月は夢を見ていたようなもので、自分はその眠りから覚めたのだ、ゼレンカはそう考えていた。目覚めは無慈悲で、体を引きちぎられるような苦痛があったが、それは必要なことだったのだ。

以前のゼレンカは、目に見えている物事が人生のすべてだとばかり思っていた。日常のさまざまな出来事——学校に通ったり、母とふたりで毎晩テレビを観たり、友情や恋愛や、こっちに視線を送ることすらしてくれない男の子たちのことで空想を膨らませたりし、いつかニューヨークに行ってみたいとあこがれを持ち、将来は写真家か学校の先生になりたいと夢に見る——そういうことがすべてだと思い込んでいた。

表面的で、物質と世俗の物事に依存した人生。あのころのゼレンカは、自分が美しいか、流行に乗り遅れていないか、そんなことが異常なくらい気になった。何時間も鏡に向かい、自分の顔立ちの欠点や弱点を見つけては、そのせいで美人になれないと落ち込み、もっと男の子の気を引ける外見になろうと一生懸命に化粧したものだった。実際には、ゼレンカがあまりに内気でおとなしいので、彼女のまつげがどれほど長くてきれいにカールしていようと、だれも目を留めてくれなかったのに。

かつてのゼレンカは自分というものをしっかり持っていなかった。眠ったまま、ふらふらとさまよい歩いていたようなものだ。あのころは、この世界の向こう、目に見える風景の向こうから届いてくる、神の光が見えていなかったのだ。〈白き家族〉が、初めてその光を見せてくれた。〈白き家族〉はまた、人間を取り巻くあらゆる世俗の物事は、唯一の真理の前で実に小さく無意味なのだ、と教えてもくれた。聖なる清めと神の存在なくしては、人間など無に等しいのだ、ということも。

ゼレンカの人生は、この地上に生きるすべての人間がそうであるように、ただ階段をのぼっているだけにすぎない。いつかは真実の家に至る真理の扉が開くのだ。それならば、足元の階段がきらびやかなものでなくても、のぼっていくのがときにつらく感じられても、嘆く必要がどこにあるだろう。そんなことは、永遠の命の前では取るに足りないことなのだから。

それなのにゼレンカはいま、二度めに会ったときにルミッキが話してくれたことばかり考えていた。ルミッキの身のまわりのこと、フィンランドという国のこと。オーロラや白夜のこと。湖の氷に穴を開けて泳ぐという寒中水泳のこと。強く心を引きつけられて、なにもかもが特別なもののように感じられた。まるでおとぎ話だと思った。

この五年間、ゼレンカはどこかへ旅行したいなどと思うこともなく暮らしてきた。それがいま、心の中でこっそりと、自分自身にさえ秘密にしたままでこう願っていた――ルミッキと一緒に飛行機に乗って、はるかなフィンランドまで旅してみたい。サウナに入り、澄みきった湖で泳ぎ、ルミッキがそれは美しく語り聞かせてくれたシラカバの香りというものを嗅いでみたい。ルミッキと出会ったことで、一度でいいから五感の力を思うさま解放してみたいという欲求が、ゼレンカの中に芽生えていた。

こんな考えを持つのは、無意味で愚かなことだというのに。

ゼレンカは部屋の中を見まわした。三方の壁に沿ってベッドが三台置かれている。この部屋は三人が共同で使っていた。木の床にじゅうたんは敷かれていない。壁に絵が飾られていることもない。机も、電灯も、椅子もない。無駄なものはなにひとつない。人の心を悪しき道へと誘惑するものは、なにもなかった。ここで暮らす者に刺激はいらない。夕べのひとときは、祈りを捧げて過ごせばいい。地上とのつながりが少なければ少ないほど、神のおそばに近づける。

ゼレンカは両手を組み合わせた。

わたしはまちがった考えを抱いてしまいました。望むべきでないものを望みはじめてしまいました。神よ、お許しください。

もっと力をお与えください。

時刻がもうすぐ三時半になることを、考えずにはいられなかった。あの城の庭で五時にルミッキと会うつもりなら、そろそろ出かけないと間に合わない。けれど、出かけずにいれば、正しいおこないをしたことになる。

ゼレンカは家から外に出ることを禁じられていた。許しを得ずにルミッキをこの家へ連れてくることで家族の掟を破った、というのがその理由だった。だれであれ、いきなりやってきた人間を家族の家へ招き入れることは絶対にない、といわれてしまった。ルミッキが信用できる人物かどうか、家族が判断してからでなくてはならないという。たとえゼレンカの妹だとしても、それだけでは十分な理由にならないというのだ。

家族のみんなは自分の言葉を信用してくれないのか。ゼレンカがそうたずねると、そういう問題ではないと切り返された。家族は互いを守らねばならず、家族は聖なるひとつの共同体でなければならない。それを壊すことは何者であれ許されない、そこが問題なのだ、と。

ゼレンカの左手の薬指が、右手の薬指をそっとなでた。その指にはかつて、十五歳の誕生日に母からもらった指輪がはめられていた。母は誕生日のわずか数週間後に亡くなってしまった。かつてのゼレンカは、力や慰めがほしくなるとその指輪に触れていたのだ。

しかし、何年ものあいだずっと指にはめていたその指輪を、ゼレンカは前の週に外していた。家族の父アダムから、以前よりさらに強い口調でたしなめられたからだ。ゼレンカの母が信仰を失って家族を捨てた以上、その指輪をはめているのは裏切り行為だと。

ゼレンカは指輪を川に投げ捨てた。母が沈んだのと同じ川底に、指輪もまた沈むこととなった。

力や慰めは、別なところから——神と信仰から、得なくてはならない。

そのとき、階下から泣き声まじりの悲痛な叫びが聞こえてきて、ゼレンカの祈りは中断された。

「ヤロが死んでしまった！」

組み合わされていたゼレンカの両手がほどけた。階段を駆け下りる彼女の胸に、罪悪感がわき上がってきた。心に抱いてしまった罪深い世俗の欲を、神がご覧になっていたのだとしたら。神は、死が予期せぬ早さで訪れる場合もあることを示して、ゼレンカに罰をお与えになったのかもしれなかった。

ルミッキはヴィシェフラド城の庭のベンチに腰を下ろして、噴水から宝石のようにきらめくしずくが飛び散るのを眺めていた。しずくたちは少しのあいだ空中でダンスしているが、やがて力尽きて落ちていき、水面に散っていく。しずくが全部、きらきら光る風船みたいに突然空へのぼっていったら、どんな眺めになるだろうと考えた。そのままどこか遠くへ飛んでいってしまったら。フィンランドまで飛んでいき、温かく優しい夏の雨となって、リエッキの顔に降りかかるところを想像して楽しんだ。

リエッキ。またしてもルミッキはリエッキのことを考えていた。遠いところに来ているせいだろうか。異国にいるときは、恋しさに負けてしまう自分にふだんより甘くなるのだろうか。切ない思いを抱くことが、ここでなら許される気がするのだろうか。

まともな理屈に照らし合わせるなら、いまルミッキが考えるべきことは、ゼレンカという謎めいた女性と、さらに謎めいた彼女の家族、そして、ゼレンカとは本当に血がつながっているのかという大きな問い、それだけのはずだった。パパにはプラハに隠し子がいたのかどうかも。しかし、会えない人を恋しく思う気持ちには、まともな理屈など通用しなかった。恋しさは勝手に暴れまわり、ルミッキはなすすべもなかった。

立ち上がって眼下に広がる街を見やったルミッキは、突然、自分はよそ者だ、ここは見知らぬ土地だ、という強い感覚に襲われた。自分はこの場所に属していない。ここへはちょっと観光しにきただけで、街のことをきちんと知る前にもう帰ってしまう。ここが家だと思うことはないのだ。

どこにいれば、ルミッキは家にいるという感覚を持てるのだろう。

フィンランドのリーヒマキに住むママとパパのところは、そういう場所ではなかった。ひとり暮らししているタンペレだって、やっぱりちがう、少なくともいまはまだちがう。どこか特定の場所に自分をしっかりと結びつけてくれ、そこが本当の家だと思わせてくれる強いきずなのようなものを、ルミッキは持っていなかった。

熱気をはらむ風が吹いてきてルミッキの髪をなでた。いつまでもなでていてほしい、かつてそう願った唯一の手が思いだされる。リエッキの腕の中にいるとき、ルミッキはここが家だと感じていた。リエッキの温かいまなざしに見守られていれば、安心でき、生きている実感が得られ、欠けたところのない完全な自分でいられた。ルミッキはただ自分自身でいればよく、演技をする必要も、なにかを隠す必要も、秘密を持つ必要もなかったし、自分の一部を取り外す必要もなかった。ルミッキは幸せだった。愛されているという感覚があった。

風が運んでくる花と木と夏の香りにむせてしまい、ルミッキは再び腰を下ろした。疎外感と、帰るべき家のないさびしさが、ガーゼの包帯みたいに体に巻きついてくる。包帯はまず両足をまとめてからめとり、ヒップやウエストへと這いのぼり、両腕の上から体をがんじがらめにし、首を締めつけ、口をふさいだ。

どこにいても、リエッキがそばにいてくれないかぎり、そこが家だと感じられなくなってしまったのだとしたら。

もう二度と、ほかのだれかを愛することができないとしたら。

一緒にいて心から幸せだと思えるたったひとりの人を、失ってしまったのだとしたら。

ある七月の明け方が、ルミッキの胸によみがえってきた。その夜、ルミッキとリエッキは何時間もおしゃべりを楽しみつづけ、ふたりともまったく眠気を感じていなかった。やがて太陽がのぼった。コテージの寝室は窓の外にシラカバの木が生えていて、その枝を透かして朝の光がふたりを守るように優しく差し込んできた。ふたりは狭いベッドに並んで横になり、互いの顔を見つめ合っていた。リエッキはいつもと同じ鋭い目でルミッキの顔をじっと見ている。しかしその目に厳しさはない。まなざしは温かで、愛に満ちていた。

「いまからする質問に正直に答えてほしい、ルミッキ」リエッキがいった。

「わかった」ルミッキは答えた。

「自分が美しいと思ったことは、どれくらいある？」

ルミッキはしばらく黙り込んだ。

「正直に答えると……、一度もない」

6月18日 土曜日

それは本当だった。何年ものあいだ醜いといわれつづけたルミッキは、そういわれてもなんとも感じなくなっていた。実際、自分は醜いのだと思っていたこともあった。それが原因かもしれないと思ったのだ。

あたしがあんまり醜いから、あいつらはつい、こっちの顔につばを吐きかけたくなったり、殴りたくなったりするのだろう。あたしの姿を見るとあいつらは気分が悪くなってしまって、それで感情を抑えきれなくなるのだろう。

そんなふうに考えるのはおかしいとルミッキが気づいたのは、後になってからのことだった。

それに気づいてからは、自分は醜いのではなく、まったく人目を引かない、つまらない外見をしているのだと考えるようになった。そもそも、自分が人からどう見られようと、ルミッキにとってはどうでもよかった。だれかから美しいと思われたいなんて、願ったことはなかったのだ。

リエッキに出会うまでは。

「そうじゃないかと思ってた」リエッキはいった。「だから、教えてあげる。きみのどこが美しいか、そのすべてを」

リエッキの口調がとても真剣であらたまった感じだったので、ルミッキは思わず笑ってしまった。

リエッキは片手を伸ばしてくると、ルミッキの額の生え際を指先でそっとなぞった。

「きみの額。きみの額を見れば、その内側にものすごい量の思索が詰まってるってことがわかる」

リエッキの優しい指が動いて、今度はルミッキの眉に触れてきた。

「きみの眉と目、そしてそのバランス。きみは完璧な形の、輝く目をしてる。まなざしには力があって、初めて会ったとき、ぼくはどぎまぎして、自分でもなにをいってるのかわからなくなった」

ルミッキの心臓の鼓動が速まり、目には涙が浮かんできた。リエッキの言葉は、その手と同じようにルミッキをいつくしんでくれた。言葉はルミッキの内側に入り込んできて、温めるべき場所、優しくなでるべき場所を探り当てた。

手が頬に触れてくる。羽根のように軽く。

「あごの曲線。優雅なのに、力強さがある」

指が唇にやわらかく触れる。触れられた部分から熱がどんどん広がって、全身がそれを感じはじめる。下腹部が。下半身が。

「きみの唇。きみは、いままで見た中で、だれよりも美しい唇をしてる。それに、いままでキスした中で、いちばんやわらかい唇だ」

ルミッキはいますぐキスしてほしいと願ったが、リエッキの指は動きを止めず、ルミッキの首から鎖骨へと滑り落ちた。

「考えられないほど美しい喉元と、首筋。首から肩へのつながり方も。それにきみの鎖骨は、

6月18日 土曜日

小鳥の翼みたいな、きれいな形をしてる」

ルミッキの呼吸はすでに速まっている。愛情と欲望が手を取り合って体の中を駆け巡るのを、ルミッキは不思議な思いにとらわれながら感じていた。リエッキの言葉は、戸惑いと、驚きと、感動と、感謝をルミッキの心に呼び覚まし、それと同時にリエッキの手は、ルミッキの中に抗《あらが》いがたい欲望を、ほとんど獣のような欲望を芽生えさせた。だれかが自分のことをこんなにも美しいと思ってくれている。こんな目で見てくれた人は、これまでにひとりもいなかった。その喜びはあまりに激しく、痛みさえ感じるほどだった。

リエッキの手がさらに下へと移動していく。やがてルミッキの耳元にささやきかけてきたとき、もはやリエッキの息づかいも穏やかで規則正しいものではなくなっていた。

「きみの胸……」

そこで言葉は消えた。代わりに体の触れ合いが、伝えるべきことを語りつづけた。


ふたりが楽しんだゲームのひとつに、〝宝の地図〟と名づけたものがあった。このゲームにはふたつのバージョンがある。〝心の宝の地図〟と、〝体の宝の地図〟だ。

〝心の宝の地図〟のほうは、まずひとりが地図のつくり手になり、紙に言葉を書いたり絵を描いたりして、これまで生きてきた中で特に大きな意味のあった経験を表現する。言葉や絵は、小道のような何本もの線によって、互いに結びつけておく。地図の読み手になった人は、どの小道をたどって地図を読み解くか、好きなように選んでかまわない。読み手が選んだ小道の上の言葉や絵が、互いにどう結びついているのか、そこにどんな物語が隠されているのか、地図のつくり手は語って聞かせるのだ。

このゲームを通して、ルミッキとリエッキは少しずつ互いの歴史をひもといていった。恐怖、夢、あこがれ。だれにも話したことのない秘密。口に出すのがためらわれるほど、はかない望み。

〝心の宝の地図〟は、ふたりがそれぞれ鍵をかけていた小箱の中身をあらわにした。ふたりは互いに鍵を預け合い、相手に向かってこういったのだ――「開けて。心から信頼しているから」。

〝体の宝の地図〟もまた、互いを信頼していなければできないゲームだった。このバージョンでは、地図のつくり手は紙に自分の体をあらわす絵を描き、好みの部分に印をつける。地図の読み手は、印のついた部分をひとつずつ選んでその名を口にするが、どんな順序で印をたどっていくか、同じ部分を何度くらい選ぶか、それは読み手に任されている。読み手が印をひとつ選ぶたびに、つくり手はその部分になにをしてほしいか告げる。触れてほしいか、キスしてほしいか、歯を立ててほしいか、ただ見つめていてほしいか、どんなふうにそれをしてほしいのか。読み手はつくり手の要求を完全に満たさなくてはならない。

〝宝の地図〟のゲームはどちらも、ゲームそのものが目的ではなかった。これは愛情のこもった遊びで、いつ中断してもかまわなかった。紙の上の絵や文字など放りだして、ただその場の雰囲気がいつのまにか自然にふたりを運んでいく、その流れに身をゆだねてしまってよかった。

　かつて、ルミッキとリエッキのあいだではすべての物事があるべき姿をして、理解できないことはひとつもなく、なにもかもがすばらしくて、無理をしていることはなにもない、そんな季節があった。ルミッキはしばしばそのころの夢を見た。その夢を見て目が覚めるたびに、むりやり目をこじ開けられた気がしたし、こんなことはまちがっているとも感じた。

　どうして目覚めなければならないのだろう。夢の中の現実のほうが、本当の現実よりずっと心地よくて、あるべき姿をしているのに。

6月18日 土曜日

　その人物はうそをついていた。本当にあったかもしれないことを口にしたものの、実際には、それは事実ではなかった。ばれないように、注意深く巧みに物語を創り上げたのだ。

　けれど、うそをつくのはそんなに悪いことなのだろうか。真実よりもうそのほうが、美しい姿をしているとしたら。うそをつく人も、つかれる人も、うそによって得るもののほうが、真実がもたらすものよりも多いとしたら。

　うそから物語が生まれ、物語は真実になる。

　だから後悔はしていなかった。

　この物語の結末を知りたい、最後の一ページまで見届けたいと、その人物は思っていた。残酷な結末が待っているかもしれないが、そのリスクを背負う覚悟はできている。

その人物にとって、物語の結末は自分自身の結末でもあった。

12

ルミッキは携帯の時計に目をやった。すでに五時。しかしゼレンカの姿は見えない。結局は来ないかもしれないし、その可能性が高そうだ。携帯が手のひらにずっしりと重かった。まるで、こう語りかけてくるようだ――「パパに電話してみろ。ストレートに聞けばいい」

ルミッキ自身、そのことは考えていた。不意打ちを食らわせたらどうだろう。パパに電話をかけて、まずはお天気のこととか、どうでもいい話題から入り、それからいきなり切りだすのだ――「このプラハにパパの血を引く娘がいるって話は、事実なの?」

相手が予想もしていない左斜め後方から、奇襲攻撃をかけるように。

返事をするパパの声を聞けば、うそをついているかどうか、ルミッキには一発でわかるだろう。わかるはずだと、ルミッキは思っていた。もしかするとパパは、これまでルミッキが考えていたよりうそが上手なのかもしれないが、本当にそうなのか、確実なところはわからない。

もしも、ゼレンカの父親がルミッキのパパで、ゼレンカの話がすべて事実だとしたら、ルミッキはパパという人についてほとんどなにも知らなかったことになる。これまでだって、

6月18日 土曜日

パパのことはあまりよく知らないと思ってきたのに。

そもそも、子どもが両親についてすみずみまで知っていることなど、ありえるのだろうか。両親の心の奥底まで本当に知っている、などということが。子どもというのは、父親や母親のほんの一面、小さな断片を見ているだけにすぎない。かつて両親がどんな子どもだったのか、十代のころはどんな夢を抱いていたのか、子どもは知りもしないのだ。たとえ親から聞いていたとしても、やはりきちんと知っているわけではない。親がわが子に自分のことを話すとき、その物語には必ず脚色が施されているものだから。

ルミッキの家では、そういうことは一度も、話題にすらのぼらなかった。そういう会話を交わす習慣は、この家族にはなかったのだ。ルミッキは時折、生まれてから十六歳になるまで暮らしていた場所は、赤の他人の家か、せいぜいあいさつを交わす程度の知り合いの家庭だったのではないか、という思いに駆られた。

時刻は五時五分になった。ルミッキは木製の白いベンチから立ち上がると、少し足のストレッチをした。今日はずいぶん歩きまわった。歩くことは好きだ。街の様子をつかみたければ、市電やバスや地下鉄に乗るより、歩いたほうがうまくいく。

もう帰ってしまおうか、とルミッキは思った。胃袋も、空っぽではたまらないと抗議の声を上げていることだし。

携帯は依然としてルミッキの手のひらに載せられたままだった。いいかげん、沈黙という名のガラスにひびを入れるべく、行動を起こすときではないだろうか。

パパの番号は、携帯のアドレス帳の〝P〟のところに登録してある。パパのP。いったん決心したことを取り消したくなる前に、ルミッキは急いで発信ボタンを押した。

すぐに応答があった。しかし、電話の向こうの声はパパではなく、ママだった。「パパはジョギングに出かけてるのよ、携帯を忘れていったみたいね」ママがいった。「なにか緊急事態なの？　パパが帰ってきたら、すぐに電話するよう伝えるから……」

ママの心配そうな声を聞いたとたん、ルミッキは頭が痛くなってきた。

「べつに急用ってわけじゃ……ただ、パパがプラハに来たのはいつごろだったのかなって、ちょっと思ったものだから」ルミッキは早口にいった。

電話の向こうが静かになった。

プラハなんて、パパは一度も行ったことないわよ。ママはそう返事するはずだ。それが唯一の、筋のとおった返事のはず。なにしろパパは、ルミッキがプラハ旅行の準備をしているあいだ、その街なら行ったことがあるなんて一言もいわなかったのだから。

「パパとその話をしたの？　わたしはてっきり、ペーテルは……あの人はそのことを思いだしたくないんだとばかり……。あれからもう何年も経っているし。あのころは……つらい時期だった」

やがて口を開いたとき、ママの声はいつもとちがっていた。ママがそんな声で話すのを、ルミッキは一度も聞いたことがなかった。悲しげで、だけど率直で、感情を抑えている様子なのにどこかあけっぴろげな声。ママはまるで、だれと話しているのか一瞬忘れてしまい、

6月18日 土曜日

さらに多くのことを語ろうとしているみたいに思える。この瞬間、ママが張り巡らせている防御壁はふだんより低くなっていた。ルミッキの言葉は急所を突いていたのだ。

「ここでなにかあったの？」

ルミッキは間髪をいれず、新たな質問をまっすぐにぶつけた。ついに扉をわずかでも開かせることができた以上、ここで引き下がるわけにはいかない。

「ちがうわ、そういうことじゃなくて……」ママがいいかけた。

そのとき、砂地の歩道を走ってくる足音がルミッキの耳に届いた。ゼレンカだ。息を切らし、目を真っ赤にして、明らかに取り乱している。

「もう切らないと。また電話するから」

ルミッキはあわてていうと、電話を切った。

なんというタイミングの悪さ。ふたつの方向から秘密が解き明かされようとしていたのに、そのふたつがぶつかり合って、互いの邪魔をしてしまった。

「ヤロが死んでしまったの」ゼレンカは口を開くなりそういった。

「ヤロって？」

「わたしたちの家族の一員よ。車にはねられて、即死だったそうなの。昨日、わたしたちの家の窓辺にヤロがいたのを、あなたも見たと思うけれど」

ゼレンカの目から涙がこぼれはじめた。ルミッキがポケットに入っていたしわくちゃのティッシュを差しだすと、ゼレンカは手を伸ばしてきた。その仕草は、親が差しだしたハンカチを受けとる子どものように、従順で素直だった。

窓辺にいた男性なら、もちろんルミッキも覚えている。狭い肩幅も、黒い目に浮かぶ敵意に満ちたまなざしも。

男性の顔立ちがはっきり目に浮かんだとたん、その顔なら今日も街で見かけたことを、ルミッキは思いだした。カフェで見たのだ。しきりにメモを取っている青年と一緒だった。ルミッキはカフェのトイレに行こうとして、ふたりが話し込んでいるテーブルの脇を通りかかった。そのときは、なにかインタビューでもしているのだろうと思っただけだったし、あの男性がゼレンカの家の窓辺に立っていた人物だとは、いまのいままで気づかなかった。

インタビューを受けた人が、その日のうちに事故死するとは。これは偶然ではないと、ルミッキは直感した。

13

身長はおよそ百八十センチ。髪の色はかなり濃い茶色で、黒に近い。目は茶色。服装は、明るい色合いの、わずかに着古した感じがあるジーンズ。そのユーズド感は実に絶妙で、新品のときから古着風に見えるよう加工を施された、かなりいい値段のジーンズであることがひと目でわかる。それと白っぽいシャツ、もしかしてチェックの柄が入っていたかもしれない。それか、ストライプだったかも。ルミッキの記憶はあいまいだった。年齢は、二十二歳から三十歳のあいだくらいだろうか。ああいう、少年っぽさと男らしさを兼ね備えている男性の場合、年齢を当てるのは難しい。

ルミッキは、川のほとりでチーズ入りのバゲットをかじりながら、もっとはっきり思いだせないかと記憶の映像を探っていた。しかしそれだけでは足りないこともわかっている。この広い街の中、これっぽっちの手がかりを頼りに、ヤロという男性にインタビューしていた青年を探しだすなど、どう考えても不可能だ。

だいたい、どうしてあの青年を探しだそうとしているのだろう。赤の他人が車にはねられて亡くなった。そんなことは、ルミッキにはいかなる意味でも関係がないはずなのに。

しかし、やはり関係はあるのだ。もしもヤロの死が単なる偶然によるものではないとしたら、ゼレンカの身も危険にさらされている可能性がある。ルミッキにとって、血を分けた姉かもしれない人が。

今日、ヤロを見かけたことも、そのとき彼がインタビューを受けている様子だったことも、ルミッキはゼレンカに話さなかった。少なくともいまの段階では、ゼレンカに知らせないほうがいい。むやみに恐怖をあおらないほうがいいだろう。実際、いまでもゼレンカがおびえていることを、ルミッキは見ぬいていた。

ふたりは城の庭でしばらく言葉を交わしたのだが、三十分もしないうちにゼレンカがもう帰らなくてはといいだして、立ち去ってしまった。話しているあいだもゼレンカは泣きつづけ、合間にわけのわからないことを繰り返すばかりで、ルミッキがなぐさめようと必死になっているうちに時間が過ぎてしまったのだ。ヤロはまだ死ぬはずじゃなかったのに、ほんとはそんなことに意味はないけれど、やっぱりなにもかもまちがってる——ゼレンカはそう繰り返した。ゼレンカの口から意味のある言葉を引きだすことは、ルミッキにはできなかった。

ゼレンカは、家族にはルミッキを喜んで迎え入れてほしいのに、なかなかうまくいかなくてごめんなさい、ともいった。それでもいずれは受け入れてもらえると思う、とも。もっと我慢強く、時間をかけることを学ばなくてはならないのに、早く結果がほしくてあせってしまったのよ、ゼレンカはそういった。——どんな物事にも、定められたときというものがあるの。いつかきっと、家族が腕を広げてあなたを迎え入れてくれる瞬間が訪れるはずだわ。

そんな考え方は正直いって気味が悪いとルミッキは思ったが、口には出さなかった。

ゼレンカがあわてて帰ってしまったので、今回もまた、なにもかもが中途半端なまま終わってしまった。ゼレンカの話では、外出を許されていないのに、どうしてもルミッキに会いたくてぬけだしてきたという。

ルミッキはゼレンカに、携帯は持っていないのかと聞いてみた。携帯があればもっと簡単に連絡を取り合うことができる。するとゼレンカはこう答えた。

「もちろん持ってないわ。そんなものを持とうとするのは、無意味な虚栄心だから」

別れ際、ふたりは次の日にペトシーンの丘で会う約束をした。プラハ城の近くだ。どうして毎回待ち合わせ場所を変えなければならないのか、ルミッキは不思議だったが、それをゼレンカにたずねると、いつも特定の場所にいるという印象は与えないほうがいい、といっただけだった。ルミッキもそれ以上はたずねなかった。ゼレンカのふるまいが普通でないことは、すでにわかっている。それにはなにか理由があるはずで、そのわけを自分の手で解き明かしてみせると、ルミッキは心に決めていた。

いつしか真昼が夕方に変わっていこうとしていた。気温はいまだに猛暑といえるレベルのまま下がっておらず、ルミッキは着ているタンクトップが少し汗くさいのに気づいた。今夜、ホステルの狭いバスルームで水洗いだけでもして、朝までに乾くよう干しておかなくては。今回の旅行ではできるだけ荷物を減らしたのだが、そのせいで清潔な衣類が不足してしまっている。かといって、プラハの通りにあふれる何百人、何千人という観光客にまじって買い物をする気にもなれない。

それは別にしても、この旅は、単なる気楽な休暇とはまったくちがう様相を見せはじめている。

ルミッキはいくつかの選択肢を考えてみた。プラハの警察に駆け込むわけにはいかない。警察へ行って、なにをどう話せばいいというのだろう。「すみません、とある男の人が車にはねられて死んだんですけど、あたし、今日の昼間に、その人がジャーナリストっぽい人物にインタビューされてるのを見たんです」とでも？「いえ、死んだ男の人のことは、ヤロって名前と、大きな木造の家に住んでいたってことしか、知らないんです。その家には変わった人たちが集団で住んでいて、だけどなぜ一緒に暮らしているのかは、あたしにはまだわからないんですよね。その集団には若い女の人がひとりいるんですけど、その人はあたしの姉、ていうか、母親のちがう姉かもしれなくて」

そんな話をしたところで、笑われて追い返されるのが落ちだ。下手をすれば、幻覚の症状が消えるまでといって留置場にぶち込まれるかもしれず、そうでなくても、頭はいかれているがたいして害のない連中のひとりとして、路上に放りだされて終わりだろう。

両親に電話をかけ、いまの状況をできる範囲で説明して、アドバイスをもらう、という選択肢もあることはある。普通の人なら、おそらくこの選択肢を取るだろう。しかし、ルミッキは普通の人間ではなかったし、家族も普通の家族ではなかった。そういうのはルミッキの家族のやりかたではない、ただそれだけだ。それにママは、さっきルミッキと電話で話した後でわれに返り、いつもの自分を取りもどして、うっかり口を滑らせたことに気づいているはずだ。最悪の場合、パパとママからいますぐ帰ってくるよう申し渡されて、なにもかもが謎のままになってしまうかもしれない。

ルミッキに残された選択肢はたったひとつ、自分の頭脳と自分の力で事態を解決することだった。これまでずっとしてきたように。

ルミッキは懸命に記憶の糸をたどった。あのときインタビューをしていたジャーナリスト風の青年には、なにか目立つ特徴が、彼を探しだす手がかりになりそうな特徴がなかっただろうか。自分の脳が、ありとあらゆる細かい情報を絶えず蓄積していることを、ルミッキは知っていた。あとは情報を掘り起こしてやればいい。

あの青年は、指輪はしていなかった。つまり独身ということだ。そんな情報にはほとんどなんの意味もないが。メモを取る彼の手つきはたしかで、慣れた様子だった。あれが初めてのインタビューではなかったはずだ。経験を積んだジャーナリストと思われる。

ルミッキは目を閉じ、カフェでトイレから出てきた時点に記憶を巻きもどした。あのふたりがすわっていた席の、すぐ脇を通った。青年が手にしていたメモ帳のページが目に入った。書き殴りの文字があまりに汚くて、これじゃ仮にチェコ語ができたとしてもなにが書いてあるか判読不能だったな、と思った。それは頭をさっとよぎっただけの考えで、その時点ではなんの意味も持っていなかった。ただ、あのメモ帳のページには、ぐちゃぐちゃに書き込まれた文字と対照的な、なにか目立つものが存在していた。筆跡とのコントラストが鮮やかだったせいで、ルミッキは注意を引かれたのだ。なんだったろう？

考えろ、よく考えろ。ルミッキは自分を励ました。観光客のグループが笑いながら脇を通り過ぎていく。ルミッキは目をしっかりと閉じたままでいた。記憶の映像に、なにかが姿をあらわそうとしている。いまここで脳を少しでも休ませるわけにはいかない。

メモ帳のページの、上のほうのすみっこ。ごく小さいもの。ロゴマーク。そうか。あれは彼が勤務先から支給されたメモ帳だったのだ。記憶の中に、ロゴマークのオレンジ色と、丸い形もよみがえってくる。さらにまだ、なにかあったはず。なにかのシンボルだろうか。いや、数字だ、あれは数字だった。そう、数字の8だ。あのロゴはどこかで見た覚えがある。しかし、どこだったろう？

ルミッキは目を開けた。

オレンジ色の、数字の8。心の中にはそのロゴがくっきりと思い浮かぶのに、なにかに結びつけることがどうしてもできなかった。ボトルのミネラルウォーターをゆっくりとひと口飲むと、ルミッキは立ち上がった。しばらく歩いているうちに、記憶がよみがえるかもしれない。川岸を後にして、橋へと続く階段をのぼった。橋のたもとに、一定の時間が経つと表示が変わる、回転式の広告看板が立っていた。表示されている女性の笑顔は、効果が長持ちするという新しいデオドラント剤の広告だったが、それがちょうど消えていき、今度はなにか刑事ドラマの宣伝があらわれた。だれかがだれかを殺してしまい、どうしてそんなことになったのかを別のだれかが解き明かす様子は、毎晩見ても飽きないものらしい。

ルミッキは広告の前を通り過ぎようとしたが、そのとき、広告画面の下の端にあしらわれているロゴが目に飛び込んできた。オレンジ色の円、その真ん中に数字の8。

これだ。テレビの第八チャンネル。

あのジャーナリストがどこで働いているか、わかった。

14

ほぼ全面がガラスで覆われたそのビルは、どこか現実離れした建物だった。夕日の光のピンクや紫やオレンジ色がビル全体に反射している。ガラスに映るオレンジ色は、屋上の巨大なロゴマークよりさらに鮮やかに、さらに深みのある色合いで輝いていた。

プラハの中心部に立つこの建物、スーパーエイトという名のメディア企業が入っているビルを見つけだすのは、難しいことではなかった。ガラスのビルの屋上で回転しているロゴが、遠くからでも見えたからだ。

6月18日 土曜日

ルミッキはガラス張りの外壁越しに建物のロビーを観察していた。受付に女性がひとりすわっていて、熱心にマニキュアを塗っている。おそらく、勤務シフトが深夜に及ぶ社員もいて、このビルは夜でも無人にならないのだろう。

ルミッキはすでに、携帯のブラウザで検索をかけ、この企業がどんな顔を持っているのか予習してあった。それで明らかになったのは、スーパーエイトはマルチメディア企業であり、自社のテレビ局で報道番組を放映しているほか、タブロイド紙を一紙といくつもの雑誌を発行し、さらには数えきれないほどのウェブサイトを運営している、という事実だった。スーパーエイトは、その名のとおり〝スーパー〟な存在なのだ。社会への影響力を持つ企業。

しばらくのあいだ、ルミッキは心を決めることができずにいた。これからどうするか、具体的な計画は立てていない。しかしやがて、これまでの経験から、自信がないときこそ選ぶべきだとわかっているやりかたを今回も選ぼうと決心した。自信たっぷりにふるまうのだ。そうすれば、およそ九十パーセントの確率でうまくいく。ルミッキは背筋をしゃんと伸ばすと、回転ドアを通りぬけてロビーへ足を踏み入れた。

マニキュアを塗っていた受付の女性は、一日中猛暑の中を歩きまわって汗まみれになったバックパッカー風の少女が目の前にあらわれても、ろくに興味を示さなかった。その表情を見ただけで、さっさとここから消えなさい、といいたいのがわかる。わざわざ口を開けて声に出す手間をかけさせないでちょうだい、といわんばかり。しかしルミッキは相手の視線にひるまなかった。

「すみません」英語で話しかける。「あたし、男の人を見つけないといけなくて」

受付の女性の表情が変わり、今度はこういっているように見えた——「女はみんなそうじゃないのかしら、お嬢さん?」

「残念ながら名前は覚えていないんですけど、ここで働いている人なんです。会う約束をしていて」ルミッキはきっぱりとした口ぶりで続けた。

相手はルミッキを頭のてっぺんから爪先まで眺めまわし、心の中ではいますぐ警備員を呼ぶべきか思案しているようだった。しかし、やがてため息をつくと、こういった。

「もう少しその人の特徴をいってくれなくてはね。ここで働いている男性はかなり大勢いるのよ」

ルミッキは、カフェでインタビューしていた若い男の特徴を、思いつくかぎり正確に伝えた。受付の女性は眉間《みけん》にしわを寄せて考え込んでいる。たぶんこの女性の年齢は二十五歳から三十歳のあいだくらいだろう、とルミッキはすばやく見当をつけた。自分で望んでいるほどしょっちゅうデートはできていないが、見た目のよい男がいれば独身かどうかも含めてチェックを怠らない、そういう女性に見える。

ルミッキは下唇を噛んで受付台の上に身を乗りだすと、声を低くして、打ち明け話をするような調子でささやいた。

「ぶっちゃけでいいますけど、その人、かなりのイケメンなんです。指輪もしてなくて」

とたんに相手の目が輝きだした。

「だったら、イジーにちがいないわ! だけど、今日は彼、もう帰宅してしまったと思うわよ。あなた、たしかに今日……あら、ちょうど来たじゃない! イジー、あなたにお客さんよ」

若い男がエレベーターから降りてきたのが、ルミッキの目にも入った。まちがいなく、昼間カフェで見かけた青年だ。受付の女性とルミッキのほうを怪訝な顔で見ている。それからチェコ語でなにかいった。受付の女性がルミッキを手ぶりで示している。青年の額にしわが寄った。すばやく行動しなくては、とルミッキは思った。本当に警備員がやってきて、ここからつまみだされる前に。

「今日、あなたがインタビューしていた男の人のことで、お伝えしたい情報があって。彼は死んでしまったんです」ルミッキは急いでいった。

その言葉はたちまち効果をあらわした。ルミッキの見ている前で、イジーと呼ばれた青年の目に驚きと興味が浮かび上がってきたのだ。

「ちょっと外で話をしようか」そういって、彼はルミッキの腕を取った。

受付の女性はちょっぴりさびしげな表情でふたりの後ろ姿を見送っていたが、やがてため息をついて肩をすくめると、またマニキュアを塗りはじめた。

男は携帯の発信ボタンを押し、耳に当てた。なにかあれば、できるかぎり速やかに報告せよ。そういう指示を受けている。相手の女はすぐに応答し、男は話しはじめた。

「先ほど、若い娘があらわれて彼をオフィスから連れだしました」

「若い娘?」

「はい。英語を話していました。旅行者のようです」

「彼が一夜限りの関係を持った相手という可能性は?」

「そういう女には見えませんでしたが。それと、その娘は、〈ターゲット1〉が死んだことを知っているといっていました」

電話の向こうがいっとき静かになった。

「ふたりの尾行は?」やがて相手は言葉を継いだ。

「もちろん実行中です」

「よろしい。娘が彼に知っていることをしゃべるのなら、しゃべらせておけばよい。いまの段階では、それが正しい手かもしれない」

「その後は?」

「娘が何者なのかわからない。いまは、だれであろうと計画を乱されては困る。ふたりが別れたら、娘は排除するように」

「了解」

男は電話を切りかけたが、電話の向こうの女はさらなる指示を出してきた。

「この通話を終えたら、娘の写真を撮ってわたしと〈父〉に送るように。おまえが取り逃がした場合に備えて、われわれも娘の顔を知っておいたほうがいいでしょう」

男が返事をする間もなく、女は電話を切った。男は喉をせり上がってこようとする苛立ちと不満のうめきを飲み込んだ。

〝おまえが取り逃がした場合に備えて〟だと？　狙《ねら》った獲物を取り逃がすような習慣はない。依頼主が獲物の動きを永久に止めたいと望むなら、獲物は永久に動かなくなる。男の仕事は全力を尽くしてそれを実現させることだった。このプラハで最高の腕を持ち、最も信頼できる暗殺者という評判は、理由もなく得たわけではないのだ。

もっとも〝信頼できる〟という言葉には、依頼主がどれほど苛立ちを見せようと彼自身は冷静でいる、という意味もまた含まれていた。どんな指令であれ、常にきっちりと従う。そういうわけで、男は携帯を構えると、装飾が施された古い建物の写真を撮るふりをして、シヨートヘアの娘の姿を撮影しはじめた。いい写真が三枚撮れた。これなら娘がどんな顔立ちかすぐにわかるだろう。

娘は若く、意志が強そうだが、正直いってまったく危険な感じはしない。排除するのはいささか過剰反応に思える。しかし男のプロ意識は、依頼主からの指令に疑問を差しはさむことをよしとしなかった。獲物に対しては哀れみも同情も感じない。そんなものを感じていたら、この仕事は続けられない。

男は、依頼主と〈父〉と呼ばれた人物の双方に、写真を同時に送信した。生きているあいだ娘がどんな姿をしていたのか、あのふたりは気が向いたときに確認すればいい。娘が写真と同じ姿でいる時間は、もういくらも残っていないはずだった。

二時間後、ホステルの部屋のベッドに腰を下ろしたルミッキは、さまざまな考えと疑問のせいで頭がずっしりと重いのを感じ、汗まみれの服にも耐えられなくなっていた。シャワーを浴びなくては。いますぐに。ひんやりしたシャワーに打たれていれば、イジー・ハシェクと名乗った青年が聞かせてくれた話について、少しはリラックスして考えることができるかもしれない。彼の話を踏まえた上で、これから自分がどうすべきかについても。

ショートパンツとタンクトップ、ショーツにブラジャーも脱いで、バスルームに向かう。洗面台の排水口にさびの浮いた金属製の栓をはめてから、脱いだ衣類をまとめて突っ込むと、蛇口をひねった。手洗い用のせっけんを少し水に溶かす。衣類の汗くささをあらかた消してくれるだろう。

この宿ではシャワーの水量がかなり節約志向であることは、すでに知っていた。いまさら気にならない。お湯はかなりぬるく、水といっていいくらいで、その冷たさが肌に心地よかった。頭がしゃきっとする。

イジーが話してくれたことは……。

そのとき妙な物音が聞こえてきた。シャワーを止めて聞き耳を立てる。だれかが、合わない鍵を使ってこの部屋のドアを開けようとしているみたいな音。またしても酔っ払いか、それとも太陽の熱にやられて頭がぼんやりしている人が、自分の部屋のルームナンバーを忘れてしまったのだろうか。しかし、ドアの向こうからは、不満げにぶつぶついう声も、悪態をつく声も聞こえてこない。ルミッキはタオルをつかんで体に巻きつけると、ドアの前で錠をいじっているらしい何者かに対して、どならないまでもなにか一言いってやろうとバスルームから出ていきかけた。そのとき、錠が開けられるカチリという音と、ドアが静かに開く音が響いた。ルミッキはバスルームで凍りついたまま、耳を澄ました。

部屋の中を、だれかが動きまわっている。

足音は落ち着いていて、ごく静かだ。明確な意志を持って、音を立てずに行動しようと努めている気配がある。

客室係が掃除をしているとか？　いや、こんな時間にそれはありえない。第一、客室係なら、入ってくるときに声をかけてくれるはずだ。

それとも空き巣？　そっちのほうが可能性は高そうだ。現金はともかく、パスポートには手をつけないで、とルミッキは祈るような気持ちだった。

バスルームに窓はない。逃げ道もない。空き巣には、もう希望の品をなんでも盗んでもらってかまわないから、盗み終えたらさっさと退散してほしいと、ルミッキはひたすら願った。

だがほどなく、その願いはかなえられそうもないと悟った。バスルームのドアのハンドルが動くのを、見てしまったのだ。

バスルームのドアをさっと開けたのは、がっしりして背の高い、日に焼けた男だった。

男は床の上でくしゃくしゃになっていたタオルにつまずきかけ、続いてシャワーカーテンを開けたが、そこに人の姿はない。洗面台に水が張られて衣類が浸《つ》けてあるのに気づき、男は手を伸ばして触ってみた。男の体は、安物のアフターシェーブローションと、男性特有の鼻につく汗くささとがまじり合ったにおいを発散している。

ルミッキは男の頭のてっぺんを見下ろしていた。はげができているのが見える。はげはまだ、黒い髪に埋もれたほんの小さな円形でしかなかったから、本人は気づいていないだろう。ルミッキは息を止めてはいなかった。息を止めると、必ずどこかの時点で我慢できなくなり、息をどっと吐きだしてしまう。そうなると、小さく規則的に呼吸しているときより、かえって大きな音を立ててしまうのだ。

バスルームの天井裏にある排気管の脇に身を潜めて、ルミッキは両手で体を支え、ぴくりとも動かずにいた。このホステルは、ランクを示す星の数でいえばせいぜい一・五の安宿だが、いまはそれが幸いした。バスルームの天井には、排気管をどうにか保護できる程度に、板が二枚ほど渡されているだけだったのだ。板の隙間から、ルミッキは天井裏へよじ登ることができた。

男は周囲に目を走らせている。壁をコンコン叩いてもいる。だが視線を上に向けることはしない。いまのところは。

いったいこの男は何者なのか。なにを求めてルミッキの部屋に押し入ってきたのか。

ルミッキは、濡れた髪からひと筋の水が垂れて、額から鼻の頭へと伝い落ちていくのを感じた。水は鼻の頭でひと粒のしずくになり、いまにもぽたりと落ちそうになりながら、ぎりぎりのところでとどまっている。しかし両手が空いておらず、ぬぐうことができない。鼻の頭のしずくが落ちれば、男の頭のてっぺん、ちょうど円形はげができている部分に命中するだろう。そのとたん、男は天井を見上げるはずだ。

同じ姿勢を取りつづけているルミッキの手足は震えていた。体を動かさずにいるのは至難のわざだ。しかし動くわけにはいかない。

そのとき、廊下に聞き覚えのある騒々しい声が響いた。隣の部屋に泊まっている、パーティー好きのグループだ。

ルミッキの鼻の頭からしずくが落ちた。

同時に男が体の向きを変え、バスルームから出ていった。落ちたしずくは、音もなく、安心したようにそっとタオルの上に着地した。

男は、うるさい酔っ払いグループがいなくなるのを待ってから、部屋を出ていった。

男の足音が遠ざかって聞こえなくなり、まちがいなく立ち去ったと確信できるまで、ルミッキは待ちつづけた。やがて震えながら天井裏から下りたが、くしゃくしゃのタオルの上にへたり込んだきり、しばらくのあいだ動けなかった。

男の体臭がまだ空中に漂っていて、鼻孔に突き刺さる。

ようやく立ち上がる力がわいてから、部屋に置いてある荷物を確認してみた。なにも盗まれていない。空き巣ではなかったのだ。男がこの部屋の中に探し求めていたものは、ただひとつ。ルミッキ自身だ。

このホステルはもはや安全ではないと、ルミッキは悟った。

6月18日

土曜日 深夜

15

ぽた、ぽた、ぽた、ぽた。

水滴が路面の敷石に垂れている。果物を買ったときにもらったビニール袋は薄っぺらで、どこかに穴が開いているか、破れているかしているらしく、そこから水が漏れてしまう。ルミッキはあの後、洗面台で水に浸けていた衣類をビニール袋に突っ込み、ほかの持ち物も大急ぎでバックパックに詰め込んだのだった。荷造りにかかった時間はたったの五分。いまは路上に立って、これからどうしようかと考えているところだ。

どこか安く泊まれるホステルを新たに探してもいいが、こんな深夜に入れてくれるところがあるだろうか。時刻はすでに十一時をまわっている。空いている部屋を求めて宿から宿へさまよい歩くのはいやだった。携帯のブラウザを使うか、ネットカフェに入るかして、よさそうな宿が見つかるまで延々とネットサーフィンするというのも、気乗りがしない。

突然、もう疲れた、なにもしたくない、という気持ちがルミッキを襲った。パパかママに電話して、帰りの片道航空券を買ってほしい、できたら今夜のうちに乗れる便がいい、と頼んでしまいたい。実際にはそんなことはしないと、自分でわかってはいたが。そんなことをしたら、自立したルミッキは跡形もなく消えてしまう。自分の力で切りぬけることができない、無力な子どもになってしまう。

ルミッキの心の一部は、無力な子どもになってしまいたい、両親の口からいますぐフィンランドに帰っておいでという言葉が聞きたい、と思っていた。タクシーに飛び乗って、空港へ急ぎ、家に帰る。プラハのことなんか忘れて。ゼレンカのことも忘れて。見知らぬ男が、明らかに自分を狙って部屋に押し入ってきたことも。イジー・ハシェクのことも、彼が話してくれたことも、なにもかも。

イジー。しまった。

ビニール袋から水がしたたるショートパンツを引っ張りだし、左のポケットに手を突っ込む。あった。名刺は水を吸ってしまい、ぶよぶよになっている。それでも携帯の番号はなんとか読みとれた。助かった。

「なにかあったら電話して。どんなことでもいい。時間も気にしなくていいからね」

イジーはそういってくれたのだ。いまみたいなシチュエーションを想定していたわけではなかったはずだが、ルミッキにはあまり選択肢がない。フィンランドに帰るという選択肢は、いまのところ選ぶ気になれなかった。あきらめたことになってしまうからだ。ルミッキの辞書にあきらめという文字はない。加えて、もしもいまフィンランドに帰ったら、パパとママから質問攻めにされるに決まっているし、なんと答えてよいかわからない以上、そんな状況に追い込まれるのは避けたかった。

ルミッキはイジーの携帯の番号をプッシュした。ねぼけた女性が出てどなり声を上げたりしませんようにと祈りながら。イジーと話をした感じで、特定のパートナーはいないようだと見当をつけていたものの、見当外れということだってある。それに、フリーだからといって夜をひとりで過ごしているとは限らない。

発信音が三回聞こえたところでイジーが出た。

「もしもし、ルミッキ・アンデションです」英語で話しはじめる。

そこから先をどう続ければいいか、ルミッキはしばし考え込む羽目になった。「今夜はあなたと一緒にいたい」というせりふだと、ちょっと誤解を招きそうな気がしたから。

イジーが教えてくれた住所を目指して歩きながら、ルミッキは夕方に彼と話をしたときのことを思いだしていた。

街で人気のにぎやかなカフェにルミッキを連れていったイジーは、コーラをおごってくれた。そしてルミッキに、自分自身のことと、ヤロという男性のこと、特にヤロの死について知っていることを洗いざらい話すよう、強く求めてきた。ルミッキはできるかぎりあいまいな表現を選びながら、自分はフィンランドから来たごく普通の旅行者で、ゼレンカという女性と知り合ったが、それもまったくの偶然だった、と語った。ゼレンカが自分たちふたりは異母姉妹だといっていることには、一言も触れずにおいた。イジーには関係のない話だと思ったからだ。少なくとも、現時点では。ルミッキはまだイジーについてなにも知らない。どこまで信用していいか、わからないのだ。

ゼレンカの家でヤロの姿を見かけたこと、イジーがヤロにインタビューしていたカフェに偶然自分もいたことを、ルミッキは説明した。その後、ゼレンカからヤロが事故死したと聞かされて、それが本当に偶然起きた事故だったのか、疑いを持ちはじめたことも。

「きみって、この件にはまったく偶然に巻き込まれたといってるわりには、偶然を信じていないようだね」やがてイジーがいった。

ルミッキは黙っていた。イジーはグラスの水をひと息に飲み干すと、言葉を続けた。

「だけど、きみのいうとおりだよ。ヤロが死んだのは偶然でも事故でもないはずだ、ぼくはほぼ確信してる」

そういってルミッキを値踏みするような目で見つめてくる様子から、この少女を信用して大丈夫だろうか、と考えているのがはっきりわかった。ルミッキはイジーの目に映る自分の姿を想像してみた。よれよれの服を着たバックパッカー風の少女が、いきなり職場に押しかけてきて、おかしな話をしはじめた。どう考えても心から信用したくなるような相手ではないだろう。しかし、いまの状況はどこから見ても謎だらけだったし、さらに、ルミッキがほんのわずかな手がかりだけでイジーを探しだしたことは、彼に強い印象を与えていた。

そういうわけで、イジーはルミッキを信用しようと決めてくれたようだった。

「〈白き家族〉のことは、どれくらい知っている?」しまいに彼はたずねてきた。

〈白き家族〉。ルミッキがその名を耳にしたのは、これが初めてだった。ゼレンカはただ〝家族〟としかいわなかった。

それが宗教団体の名で、イジーはしばらく前からこの教団の活動内容を明らかにしようと取材に取り組んでいる、と聞いたとき、ルミッキはカフェのテーブルに頭を打ちつけたい衝動に駆られた。自分がここまで愚かだったとは。ゼレンカの話の端々や、彼女のたたずまいやふるまいから、見ぬくことができなかったとは。答えは明らかだったのに。イジーの話を聞いて、状況がくっきりと見えてきた。

「彼らは自分たちがイエス・キリストの直接の血族に当たると信じているらしい。さらに、信者同士も互いに血がつながっている、と信じているんだ。精神的なつながりだけじゃなく、実際に血のつながりを持つ家族だ、という意味だよ」

つまりはそういうことだったのだ。これまでの出来事と照らし合わせても、納得がいく。

「一方で」イジーが続けた。「ぼくはこの数か月、信者たちの家系に関わる膨大な資料を読みあさったんだけど、彼らのいう血のつながりには、根拠がかなり弱いものも多いんだ。いや、血のつながりといってもイエスの血族って話のほうじゃない、それは世迷言《よまいごと》にちがいないからね。そっちじゃなくて、現在の信者たちが互いに血のつながりを持っている、という主張のほうだよ」

「ほかでもない〈白き家族〉をそこまで熱心に取材しているのは、なにか特別な理由でもあるの？」

ルミッキは質問をぶつけてみた。

イジーは目を細めて考え込んだ様子になり、またしても頭の中でどう返事しようかと計算しているらしいのがわかった。やがて彼はいった。

「あの教団はなにか危険な計画を持っていて、ごく近いうちにそれを実行するかもしれないという情報を得たんだ。どんな計画なのか、ぼくにはまだわからない。それを明らかにしたくて、努力を重ねてきたってわけだ。ヤロはカメラの前で匿名インタビューに応じると約束してくれた。そのことがあるから、彼の死が単なる事故だとは、ぼくにはどうしても思えないんだよ。あの教団の周辺では以前から不審死が相次いでいるから、なおさらだ。健康な若者が心臓発作を起こした例もある。深夜、酒なんか一滴も飲んでいないのに、足を滑らせて川に落ちた人もいる。運転中の車が車線を外れて、対向車線のトラックの前に飛びだしてしまい、事故に遭った人もいる。地下鉄のホームから転落して、列車にひかれた人もいたよ。どれも偶然の事故だという。警察の捜査は、なにも解明できないまま打ち切りになっている」

いっとき黙り込んだふたりのまわりで、カフェのざわめきが楽しげに躍っていた。あたりに響いている音は、どこか別の世界から、もっと気楽で明るい世界から届いてくる。ルミッキとイジーだけは、陰鬱な情景で満たされた、黒い巨大な気泡の中に閉じ込められて、周囲から隔離されているようだった。

「彼らの多くはおびえているんだ、ルミッキ」やがてイジーが口を開いたが、ルミッキという名の発音はびっくりするほど正確だった。「彼らの多くは、心底おびえている」

ルミッキはうなずいて、ゼレンカという女性もやはりおびえていたことをイジーに話した。

6月18日 土曜日 深夜

そして、ゼレンカからさらに詳しい話を聞きだしてみる、と約束した。するとイジーは、それがうまくいったらもう一度会って情報交換できないか、と提案してきた。ルミッキは提案を受け入れたのだった。

ルミッキはイジーの住まいがあるアパートメントの出入口の前に立って、これは本当にいいアイディアといえるのだろうか、と考えていた。さっき電話で話したとき、イジーはたしかに、もちろん今夜ルミッキを歓迎するし、プラハ滞在中はずっと泊まっていてもかまわない、といってくれた。しかし、ふだんのルミッキなら、よく知らない男の家に泊まるなんてありえないことだ。

だれも信用してはいけない。それはルミッキが掲げる信条だった。ただ、この一年で、信条を曲げる羽目に陥ったことが幾度もあった。それがいいことだったのかどうか、ルミッキは自分でもよくわからなかった。

やがて、オートロックのドアの脇に並ぶボタンの中から〝ハシェク〟という姓が表示されたものを選ぶと、ルミッキはしっかりと長くそのボタンを押した。

燃える風が木々を揺らす
燃える風が道をふち取る
あなたの声が聞こえ、あたしにはわかった

6月18日 土曜日 深夜

あなたはあたしを燃やしてしまう
あたしのハートを燃やしてしまう

フィンランドの女性シンガー、アンナ・プーの歌声が、頭の中をぐるぐるまわっている。ルミッキは上掛けを引っ張り上げて顔をしっかり覆い、歌声を追い払おうとした。うまくいかない。イジーがキッチンに敷いてくれた薄い客用マットレスに体を横たえたまま、眠れそうもない、と考えた。

イジーは、ルミッキがベッドで寝ればいい、自分はマットレスを使うから、とずいぶんいってくれたのだが、ルミッキが拒否したのだ。

「いっそ、ふたりでベッドに寝るか」

イジーはそう口走って、ルミッキの背中に触れてきた。

ルミッキはその場に凍りつき、相手の股間《こかん》にすばやくキックをかます体勢を整えつつ、荷物をまとめて再び深夜のプラハへ飛びだす覚悟を決めた。イジーはルミッキの緊張を感じとったらしく、さっと手を引っ込めると笑い声を上げた。

「おいおい。冗談だって。ぼくらはお互いのことをなにも知らないし、第一、きみはまだほんの子どもじゃないか。安心してくれ。ぼくはそんな男じゃないよ」

ルミッキは体の向きを変え、イジーの目をまっすぐにのぞき込んだ。本心を隠しているようには見えない。それに、ちょっぴりばつの悪そうな顔をしている。イジーは遊び人っぽいとルミッキは思っていたし、おそらく実際にそうだろうとも思ったが、レイプ魔なんかでないことはわかる。それに、彼から見ればルミッキなど、ガキもいいところだろう。

それからふたりは、ルミッキの部屋に侵入してきた男のことを何時間も話し合った。イジーによれば、その男はまちがいなく〈白き家族〉から送り込まれた暗殺者だという。

「あいつらはきみを消したがっているということだ」イジーはいった。「今後、プラハを離れるまでは、ぼくのところにいたほうがいい。危険なことに巻き込まれる可能性があるからね。いや、実際、きみはすでに命の危険にさらされたわけだけど」

そこでふたりは同時に大きなあくびをしてしまい、しばらく顔を見合わせていたが、やがてふたりとも笑いだした。なんともいえないおかしさだった。命の危険を話題にしながら、昨日の朝に食べ残したオートミールの話でもしているみたいに、のんびりと大あくびをするなんて。夜はもうだいぶ更けていた。ルミッキにとってもイジーにとっても、長い一日だった。それでふたりは、話の続きは朝になって頭がすっきりしてから、ということにしたのだった。ルミッキはキッチンの椅子にすわってしゃべりながら寝てしまいそうで、たとえテーブルに顔を打ちつけても目が覚めないかも、と思うくらい眠たかった。

イジーがキッチンに寝床をつくってくれているあいだに、ルミッキはバスルームを借りて顔を洗い、歯を磨いた。バスルームの戸棚の中をのぞいてみたかったが、我慢した。イジーにはすでに十分すぎるほど迷惑をかけている。この上スパイ行為など、するべきではなかった。

ようやく枕に頭を沈めたとき、すぐに眠りに落ちるだろうとルミッキは思っていた。しかしそれはまちがいだった。

空の星たちが　白い光で
輝いていた　あたしたちのために
あたしたちを見守るように

アンナ・プーの歌声が頭の中で流れつづけている。

同じベッドで寝ようかというイジーの軽口のせいで、ルミッキの胸にある思いが生まれていた。いまもリエッキに燃えるような愛を抱きつづけている以上、もうほかのだれも愛せないとしたら――。リエッキのことはそれくらい愛している。だからこそ、切なさは薄れてくれないのだ。だからこそ、さびしさはルミッキをとらえたまま放してくれないのだ。

だれかから気のあるそぶりをされて、それに応える、などということが、いつかまたできるようになるのだろうか。だれかを信頼し、その人が近づいてくるのを受け入れるとか、肌と肌が触れ合うほどそばに来ることを許すとか、そんなことが再びできるようになるのだろうか。

ルミッキにはわからなかった。

6月18日 土曜日 深夜

星の輝く八月の夜更けが思いだされた。まだなにもかもがすばらしかったころで、ルミッキとリエッキはその夜、タンペレのタンメラ広場で露店に置かれた木製の商品陳列台に腰かけていた。ルミッキは、リエッキの首筋にある星座のタトゥーを指先でそっとなでながら、空の上に同じ形を探していた。やがて星座を見つけたとき、ルミッキの心はふいに、安らぎと、確信と、喜びでいっぱいになった。

「愛してる」

ルミッキはいった。

その言葉は、すんなりと、ごく自然に口から飛びだしたのだ。その言葉は、ルミッキがそれまで口にしたどんな言葉よりも重みがあったが、それでいて軽やかだった。

「ぼくも」

リエッキも同じくらい自然に答えてくれた。

ふたりの頭上の空は暗く、いちめんに星が光っていた。その瞬間、すべての星が、ふたりのためだけに輝いていた。

まだまだたくさんあったのに
あなたに伝えたいことが、もっと、もっとあったのに

6月19日

日曜日

16

これまで生きてきた中で、響きのユーモラスな言葉にはずいぶんたくさん出くわしてきたルミッキだが、それでも〝フニクラーリ〟という単語の響きはまちがいなくトップクラスのおもしろさだった。フニクラーリ。ケーブルカーのたぐいを指す外国語由来の単語だ。フニクラーリ。フニクラーリ。車両の揺れるリズムに合わせて、ルミッキはその名を繰り返し口ずさみたくなった。ケーブルカーという呼び名も、まったく同じ交通機関のことを指してはいるけれど、想像力を刺激されるという意味では、フニクラーリという音の組み合わせに遠く及ばない。

いずれにせよ、それは急斜面を上り下りする鉄道の一種で、車両はケーブルで引っ張られて動いていた。

ルミッキは、ペトシーンの丘の頂上まで歩いて登るか、それともケーブルカーに乗るか、コインでも投げて決めようと思っていたのだが、朝になってイジーに意見を求めたところ、機会があるなら一度でいいからケーブルカーを試すべきだ、といわれたのだった。不思議なことに運賃も、いまのところはいわゆる観光地価格になっておらず、一般の公共交通機関の一回券と同じ料金で乗れるという。

6月19日 日曜日

今朝、ルミッキとイジーは一日のスケジュールを話し合って決めていた。イジーは取材と調査を続け、一方ルミッキはゼレンカと話をして、教団が立てているという計画について聞きだすようやってみる。夕方になったらふたりともイジーのアパートメントにもどり、情報を交換する。イジーはルミッキに、今後も自分のアパートメントに泊まらなくてはだめだ、ほかの場所は危険だといって譲らなかった。それでルミッキも折れたのだった。

ケーブルカーはゆっくりと規則的なリズムで登っていき、ルミッキの目に緑あふれる丘の斜面が飛び込んできた。風景も地形もフィンランドとまったくちがっていて、いくら眺めても飽きない。谷間《たにあい》、山や丘、斜面に刻まれた階段、建物の屋根。変化に富む景色に、胸が躍った。

車内にいるのはほとんどが観光客で、時折、いきなり立ち上がっては窓の外を指さしたり、歓声を上げたりしている。地元の住民らしい人も何人か乗っていたが、彼らは一様にむっつりしていて、陰鬱な十一月のフィンランドでバスの車内にいる人たちとそっくりだった。ルミッキはこれまでに、プラハ市民というのは、やたらとおしゃべりだったり大声で浮かれ騒いだりする人たちではない、ということに気づいていた。ルミッキにとってはそれがありがたかった。店のレジ係が微笑みかけてこないなら、こっちも作り笑いをする必要がないのだから。

物事は物事そのままに、微笑みは本物の微笑みしかいらない。

時刻はまだ午前十時にもなっていなかったが、気温はすでに猛暑の域に達している。しかし丘の斜面には心地よいそよ風が吹いていて、開け放たれた窓からケーブルカーの車内にも吹き込んできた。ルミッキはいっとき、もともとプラハに来たらするつもりだったことをいまここで楽しんでいるような錯覚に陥った。自分を知る人も、自分が知っている人も、だれもいない土地で、ひとり旅を楽しむ。自分だけの世界に浸り、自分だけの考えに沈んで。これからゼレンカに会うことなど、できれば忘れてしまいたかった。

向かいの席に、父親らしい男の人に連れられた幼い女の子がふたり、並んですわっていた。三歳と五歳くらいだろうか、姉妹であることはひと目でわかる。ふたりとも長い髪を編んでまとめていた。小さい方の子は、両サイドで輪の形にかわいく結った三つ編みが耳をぐるりと囲んでいて、大きい方の子は、編んだ髪を冠みたいに頭に巻きつけている。ゼレンカと同じ髪型だ。ふたりは体を寄せ合ってすわっていて、小さい子の左のひざと、大きい子の右のひざが、ぴったりくっつき合っている。小さい子のひざには、ハローキティのキャラクターが描かれたばんそうこうが貼られていた。

突然、ルミッキの脳裏にひとつの記憶がよみがえった。やわらかくて、少し不器用で、けれど優しい手が、自分のひざにばんそうこうを貼ってくれたという記憶。ばんそうこうにはミッキーマウスの絵がついていた。

声もよみがえってくる。

「おねえちゃんが、痛いのを吹き飛ばしてあげるからね」

それから、ふーっと強く息を吹きかけられて、ついでにつばもちょっぴり飛んできた。それでルミッキは笑いだしてしまった。

こんな記憶、事実であるはずがない、と思った。だれかにばんそうこうを貼ってもらったことなら、あったかもしれない。少し年上の友達とか、いとことか。だけど、おねえちゃん、というのはおかしい。ルミッキとゼレンカは、これまで一度も会ったことがなかったのだから。

たぶん、前の席にすわっている幼い姉妹を見たことで、自分でも忘れていた子どものころの体験が記憶の底から浮かび上がってきて、ルミッキの心はその記憶に、本来ならありえない要素をまぜ込んでしまったのだろう。人の心とはそういうものだ。だからこそ、人の心を操って、偽りの記憶を持たせることも可能になる。子どものころに暴力や虐待を受けたという記憶を持っている人が、実際はそんな体験をしていない、といったこともあるのだ。

ルミッキの心の中に、ますます気持ちをざわつかせる映像が割り込んできた。できれば見たくない、悪夢のひとこま。ばんそうこうを貼ろうとするのに、血がどんどん流れてうまく貼ることができず、ばんそうこうはみるみるうちに血でぐしょぐしょになり、真っ赤に染まる。血が多すぎる。ルミッキは泣きだしてしまう。どういうことなのか理解できない。ばんそうこうを貼ったのに、どうして痛いのが飛んでいかないの？

ケーブルカーがゴトンと音を立てて目的地に到着した。車両の振動は、事実であるはずのない不気味な映像を、ルミッキの頭からうまく振り落としてくれた。しかし同時に、振動はひとつの記憶を運んできた。あまりにも生々しく、想像の産物ではないことが明らかな記憶。

パパとママの姿が、どこか上のほうで揺らめいている。たぶんふたりは、ルミッキの寝ているベッドをのぞき込んでいるのだ。ベッドの中のルミッキは、自分の体がぐったりと重いのを感じている。ゾウをまるごと、つぶして丸めてボールにしたみたい。そう思ったことを覚えている。輪郭がぼやけた、重たいボール。パパとママの顔は灰色になっていて、疲れきって、悲しげだった。

「おねえちゃんはね……」

パパとママの声がする。ふたりがそれぞれ口を開いたが、ふたりの声はぴったり重なった。しかしなぜか、ふたりとも言葉の続きをいってくれなかった。

ケーブルカーの乗客が、押し合いへし合いしながらルミッキの脇を通って次々と降りていく。ルミッキも足を動かしたが、その足は記憶の映像の重みで打ちのめされていた。この記憶は、実際にあった場面だ。ルミッキはふいに、そのことをはっきりと、強く、ありありと思いだした。

自分には姉がいたのだ。

紙に書かれた家系図は、だれかが張り切って枝を刈り込みすぎてしまった木みたいに見えた。

「知っているのは、本当にこれだけ?」ルミッキはたずねた。

ゼレンカがうなずく。

家系図に書かれている人名は、ゼレンカ本人と、母親のハナ・ハヴロヴァー、ハナの両親マリア・ハヴロヴァーとフランツ・ハヴェル、さらにフランツの弟クラウス・ハヴェルと、その息子アダム・ハヴェル、それだけだった。

「で、そのアダムというのが、あなたたちの家族のリーダーってわけね？」

念を押したルミッキだが、〝教団〟という表現は意図的に避けた。この表現はゼレンカを身構えさせてしまうと思ったからだ。

「アダムは……」そこでゼレンカは考え込むように言葉を切った。「アダムは、父なの。わたしたちはみんな、アダムのことを父と呼んでいるのよ、彼より年上の人も含めて。アダムは父のようにわたしたちの面倒を見てくれているから。わたしにとっては、アダムは本当の父も同然よ、生まれて初めて得ることができた父親だわ」

「その人、年齢はいくつくらい？」

「よくわからないけど。六十歳くらいじゃないかしら。どうしてそんなことを聞くの？」

ゼレンカがたずねてきたが、ルミッキは返事をせず、ただ肩をすくめてみせた。

ルミッキとしては、アダムという人物についてもっといろいろゼレンカから聞きだしたいところだった。しかし、ゼレンカのぴりぴりした様子やとがった声から、この会話がすでに危うい領域に近づいていることがわかり、ゼレンカがいつ話を中断してもおかしくないことが感じられた。

6月19日 日曜日

ペトシーンの丘の頂上にすわっているふたりの前を、観光客がぞろぞろと通り過ぎていき、頂上に立つ鉄塔をうっとりと見上げている。てっぺんに展望台を持つこの鉄塔は、パリのエッフェル塔といとこ同士かと思うほどよく似ていたが、はるかに有名ないとこに比べ、こっちは見るからにこぢんまりしていて、どこか親しみを感じさせた。

　ルミッキはゼレンカのほっそりした指にちらちらと目を向けていた。あの指が、いつか自分のひざにばんそうこうを貼ってくれたのだろうか。もしかして、ゼレンカとは小さいころに会ったことがあって、それをゼレンカも忘れているのだとしたら。あるいは、ルミッキの顔は写真でしか見たことがなかった、というゼレンカの話が、うそだったとしたら。だけど、なぜそんなうそを？　そんなことをする意味がわからない。

　いま、ふたりは並んですわり、お互いのひざが触れ合いそうなほど近くにいるが、ふたりのあいだには隠し事という壁が立ちはだかっていると、ルミッキは思った。ルミッキはゼレンカに、イジーのことも、自分のもとに送り込まれてきた暗殺者のことも話していない。イジーからなにを聞いたかも。同じように、ゼレンカもまた、なにを隠しているかわかったものではなかった。


　むかしむかし、秘密を持った少女がひとりいました。

　むかしむかし、秘密を持った少女がふたりいました。ふたりとも、どんな秘密を持っているか、もうひとりには話していませんでした。

自分たちは、秘密という名の同じ家族、同じ血族の一員なのだ。ルミッキは思わず声を上げて笑いそうになった。

「お母さんから、アダムのことは一度も聞いたことがなかったの?」やがてルミッキはたずねた。

「なかったわ。それは前にもいったはずよ。血のつながった人には、一度も、だれにも会ったことがなかったの。母方の祖父母のフランツとマリアは、わたしが生まれる前に亡くなっていたし。祖父にクラウスという弟がいたことも、ましてやその弟に息子がいたことも、わたしは知らなかったのよ。どうして母が話してくれなかったのかはわからない。一緒に暮らしていたことがあったのに」

ルミッキはどきりとした。

「お母さんは、あなたがいま家族と呼んでいる人たちと、一緒に暮らしていたってこと? あなたが生まれる前に?」

「そうよ。だけど、出ていってしまったの。母はきっと暗黒に支配されたんだわ、ほかの理由は思いつかない。そうでなければ、あんなにすばらしい人たちのところから出ていくなんて、どうしてそんなことをしたのかしら?」

大きく目を見開いてルミッキを見つめてきたゼレンカは、ルミッキが答えをいってくれるのではないかと期待しているようだった。ルミッキは背筋が寒くなるのを覚えた。ゼレンカの母親が教団を脱退し、信者たちと一切の連絡を絶ったというのなら、そうしなければならない理由があったはずだ。さらに、母親が亡くなったとたんやってきて、熟れたリンゴを枝からもぎ取るように娘を連れ去った人々がいる。

「わたし、以前アダムにも母のことを聞いてみたの。だけど、過去は過去であり、わたしは母を忘れなければならない、っていわれただけだった。アダムのいうとおりよ。わたしにとって母は、古い人生の一部だもの。いちばん大切なものは過去にはないわ、未来にあるのよ」

そういってゼレンカは太陽を仰ぎ、目を閉じて、微笑んだ。いつかと同じ、内側から光り輝くような表情を浮かべていて、ルミッキは居心地が悪くなった。こういうとき、ゼレンカが体の内に秘めている熱には、どうしても近づけないと思ってしまう。

「未来になにか特別なことがあるとわかってるの？」ルミッキは慎重にたずねた。「もしかして、ごく近い未来とか？」

ゼレンカは目を開け、鋭いまなざしでルミッキを見た。

「真実を知ることができるのは、家族の者だけ、信じる心を持つ者だけ。あなたはまだ信じていない。わたしと姉妹だということも、ほかのことも、信じていないわ」

ルミッキは一秒間、考えた。もう一秒、考えを巡らせた。三秒めで、一度は決めた方針を見直すべきかもしれないと思いはじめた。いまの段階ではまだ、よみがえった記憶のことをはっきりゼレンカに話すのはやめておくつもりでいた。しかし目の前のゼレンカは、いまにも立ち上がって歩きだし、ルミッキの手の届かない場所へ去っていってしまいそうだ。振り返りもせずに。そんなことは耐えられない。これまで生きてきて、すでに何度もそういう目に遭ってきたのだから。

そのとき、暑い日差しの中に、氷のようなゼレンカの声が響いた。

「わたしたち、もう会わないほうがいいかもしれないわね。どうせあなたは、じきにフィンランドのお母さんのところへ帰ってしまうのだから。お父さんのところへ。あなたのお父さんが、わたしの父でもあるんじゃないかなんて、考えたわたしがばかだったわ。わたしにはアダムというすばらしい父がいるんですもの。わたしはすでに、すべてを持っているの。ほかにほしいものなんかないわ」

だめ、だめ、だめ、だめ。シンプルなその言葉を叫ぶ自分の声が、ルミッキの頭の中でこだました。こんな展開はだめ。こんなのはだめ。また同じことになるなんて。大切な人がいなくなるのを、自分のそばから立ち去っていくのを、許してしまうなんて。

そのときルミッキが取った行動は、ふだんならけっしてしないことだった。ゼレンカの手を取ると、自分の両手でしっかりとはさみ込んだのだ。それからゼレンカの目をまっすぐに見つめた。するとゼレンカの目から、よそよそしさと冷たさがみるみるうちに消えていった。

「信じるわ。あなたがあたしの姉だって」

自分の言葉がゼレンカの意識に深くしみ込んでいくのを、ルミッキは感じた。ゼレンカの手が震えはじめた。目には涙が浮かんでいる。ルミッキ自身、喉のかたまりを幾度か飲み込まなくてはならなかった。胸の底にめり込んでいた黒くて重たいものが、取り払われたかのような気分。ついにこの日が来た。答えが得られた。真実が。それはここにあったのだ。大勢の観光客がにぎやかにふたりの脇を行き交っていたが、ふたりに目を留める者はだれもいなかった。焼けつく暑さで汗が流れ、そのせいでふたりともうなじのおくれ毛が湿ってカールしていたが、暑さなど感じなかった。真実で満たされた大きな気泡の中に、ふたりきりで閉じ込められているようだった。ふたりのためだけにある真実。

ゼレンカはルミッキを強く抱きしめた。ルミッキも同じくらい強い力で抱きしめ返した。ゼレンカの涙が肩にかかり、しょっぱい汗とまじり合うのを、ルミッキは感じていた。ルミッキの心は震えるほどの幸福感でいっぱいになった。リエッキと一緒にいるときに感じたのを最後に、ずっと忘れていた気持ちだった。

プラハまでやってきて、血のつながった姉を見つけた。これは奇跡だった。恩寵《おんちょう》だった。ルミッキはこの恩寵を受けとらなくてはならなかった。こんな機会は、もう二度とないだろう。

やがてゼレンカが抱擁を解き、ルミッキのほうは気がつくと自然に手を伸ばしていて、ゼレンカの涙を優しくぬぐってやっていた。すると、前にもこんなふうにしたことがある、という不思議な感覚が、またしてもルミッキをとらえた。そんなことはあるはずがないのに。もしかして、同じ遺伝子が、血管を流れる同じ血が、なつかしさを呼び起こすのだろうか。これまでルミッキはそんな考え方を否定してきたのだが、もしかすると考えを改めるべきときが来たのかもしれなかった。それくらい、多くの出来事が起きた。大きな出来事が。

「一緒に来て、家族に会ってほしいわ」ゼレンカがいった。

ルミッキもそれを望んでいた。〝家族〟のためでなく、ゼレンカのために。ゼレンカの身が安全だと確かめるために。もしも安全ではなかったら、もしも〝家族〟が危険な存在だったら、そのときは姉を救いだしてやりたい。

自分には、この手で救いたいと思う姉がいる。そう考えると、ルミッキは自分でもびっくりするほどすばらしい気分に包み込まれた。

「でも、家族の人たちはあたしのことを受け入れてくれる？」

「選択の余地なんか、与えないわ」

そういって、ゼレンカはにっこりと微笑んだ。

ゼレンカが、こんなにうれしげで晴れやかな微笑みを浮かべるのは初めて見たと、ルミッキは思った。

むかしむかし、秘密を持っている女の人がいました。

秘密というのは不思議な性質を持っていて、だれかに話してしまったとたん、それはもう秘密ではなくなってしまいます。秘密は神聖なものなのです。秘密は、それがどんなものか理解できない人たちと分かち合ったりして、汚してはいけないものなのです。

けれども、女の人は話してしまいました。家族と離れて生きていきたい、女の人はそう思っていました。そこで女の人は逃げだしました。新しい名前も、新しい家の場所も、家族には秘密にしておきました。わが子のことも、やはり秘密にしておきました。

そういう秘密を持つことは、まちがったことでした。それは罪深い秘密でした。罪深い秘密は、遅かれ早かれ暴かれてしまうものです。

冷たい川が、女の人を抱きすくめました。川底へ引きずり込もうとしました。川の水は、欲望に満ちた恋人のように、女の人を腕に抱いて揺さぶりました。女の人の唇にくちづけをして、口をむりやり開けさせました。水は女の人の口と鼻に流れ込み、肺へ押し入って、空気を吐きださせました。水は女の人を自分だけのものにしようとしました。暗黒のおとぎ話が歌うような声で語られている、冷たい王国に引き入れようとしました。

女の人は、自ら望んで水に入ったわけではありませんでした。たまたま落ちたわけでもありませんでした。水の中へ突き落とされたのです。罪びとは、水に浮くことができないので、おぼれるしかありません。

罪深い秘密もまた、ともに水の底へ沈んでいくのでした。

17

白い皿に載せられているのは、ゆでたジャガイモがふたつ、ゆでたニンジンが二本、薄い肉がひと切れ、なにも塗られていない黒パンのスライスが一枚、それだけだった。ハーブのたぐいはおろか、調味料らしきものが使われている形跡すらなく、そもそもこのひと皿をおいしそうな料理に見せようと努力した人は、だれもいないと思われた。ルミッキの感覚では、とてもじゃないけど日曜日の、しかも一日のメインとなる食事とはいえない、というのが正直な感想だった。

食卓がしつらえられているのは、ゼレンカの家族が暮らす家の一階にある大きな居間で、キッチンと隣り合っている。ルミッキとゼレンカは、家に足を踏み入れるなり食卓の前に導かれたのだが、ルミッキはこの部屋に入るまでのあいだに、一階にはほかにも広い部屋が三つあることを見て取っていた。上の階へ続く木の階段は、だいぶ傷んでいるようだった。上に寝室があるらしい。もっとよく様子を探りたいところだったが、少なくともそのときは、家の中を案内してもらうチャンスはなかった。

「食事は待ってくれないわ」

ゼレンカに小声でそういわれてしまったのだ。

ルミッキは長いテーブルを囲んですわっている人々の顔を眺めた。全部で二十人ほどだ。最も年配の人たちはおそらく八十歳に近く、一方で最も若い人々はルミッキよりいくらか年上という程度だ。中ではゼレンカが最年少かもしれない。テーブルのいちばん奥の席にアダム・ハヴェルがすわっていて、チェコ語で食前の祈りを捧げており、全員が頭《こうべ》を垂れてともに祈っている。祈りの言葉は長く続き、なにをいっているのかルミッキには一言もわからなかった。それで、この隙に信者たちの様子を観察することにした。

全員が、同じような、少々すり切れてくたびれた白っぽい麻の服を着ている。体つきは一様にほっそりしていて、やせているといってもよかったが、一週間で最も豪勢なはずの食事がこれでは、驚くことでもないだろう。しかし、そのほかには特に目を引くような共通点はなく、見るからに血のつながりがある人々、という印象はなかった。ただ、穏やかで物憂げな表情は、全員に共通している。みな目を閉じて、熱心に祈っていた。

この家の中では、なにもかもがすり切れ、くたびれていた。古ぼけた壁紙はところどころ破れていて、あちこち色があせている。床板の塗装もはげている。窓ガラスがくもっているのは磨かれていない証拠だ。わずかばかりの家具も修理が必要だった。壁には絵の一枚もかけられておらず、飾り物とか、温かい雰囲気をかもしだすちょっとした小物といった無駄なものは、部屋の中になにひとつなかった。家のどこを見ても、人が暮らしている感じがしない。見捨てられ、崩れかけた建物の中にいるような気がしてしまう。廃屋でピクニックをしているような。

アダム・ハヴェルは、ひげをたくわえた、眉の濃い男で、その印象を一言で表現するなら、〝灰色〟という形容がぴったりだった。髪もひげも灰色だし、肌の色合いもどことなく灰色がかっている。年齢を正確に推測するのは難しいが、おそらくゼレンカもいっていたとおり六十代だろうと思われた。アダムを見ていると、灰色の印象は地味で目立たないふりをする仮面にすぎないのではないか、という奇妙な思いが、どうしてもルミッキの胸にわき上がってきた。この男の中に存在する強烈な意志と人を威圧する力が、きっぱりとした身のこなしの端々にあらわれている。体つきはやはりほっそりしているものの、腕にはしっかり筋肉がついているのがわかった。祈るために組み合わせている両手は力が強そうで、人を絞め殺すことさえできそうだ。

祈りの途中で、アダムはふいに視線を上げ、灰色の目で突き刺すようにルミッキをにらみつけてきた。ルミッキはあわてて目を伏せ、自分のひざを見つめた。教団の指導者に疑いを持たれるようなまねを、わざわざする理由はない。

アダムがルミッキをこの家に入れてくれたのは、正直いって奇跡のような出来事だった。ルミッキとゼレンカが家の前に着いたとき、門のところにあらわれたのは、前回ルミッキを拒絶した女性だった。再びゼレンカと女性のあいだにチェコ語の激しいやりとりが始まり、ルミッキは今回も無駄足だったのかと思いかけた。そのときアダムが家の中からあらわれて、ルミッキの姿をじっと眺め、ゼレンカといくらか言葉を交わし、すると——驚いたことに、門が開けられたのだ。

「あの人になんていったの?」

ルミッキが小声でたずねると、ゼレンカは肩をすくめた。

「ただ、あなたがわたしの妹で、わたしたちとともに食卓を囲みたいといっている、そう説明しただけよ。いい考えだって、アダムはいってくれたわ」

ルミッキは、前を歩いていく男の、背筋が伸びた意志の強そうな後ろ姿を眺めながら、この男には気をつけたほうがいいと考えたのだった。

ついに祈りが終わり、アダムが食事の開始を告げた。しかし食卓はしんと静まり返ったままで、聞こえるのはナイフやフォークが食器に当たるカチャカチャという音ばかりだ。飲み物は生ぬるい水だけ。ルミッキはジャガイモと肉を少し切って口に入れた。どちらもまったく塩の味がしなかった。

ルミッキの表情に気づいたのだろう、アダムが突然英語で説明を始めた。

「われらの食事がなぜこれほどつつましいのかと、不思議に思っているのだろうね。われらの暮らしぶりそのものも。われらは、純粋かつ根源的なもの、できるかぎり簡素なものを尊んでいるのだよ。人間は、身のまわりから無用な刺激を減らせば減らすほど、神の御元《みもと》に近づくことができる。だからこそ、われらの家にはテレビも電話もなく、電化製品も、書物も一切ないのだ。食事にも味つけはしない。たしかに香は焚《た》いているが、これも嗅覚を清めるためのもの。人間の心が清らかで、雪のように白ければ、そのときこそ聖なるものを最もよく受け入れることができると、われらは信じている」

信者たちはアダムの言葉にうなずいている。彼らは不幸そうには見えず、虐げられているふうでもなかった。穏やかで、ひとつにまとまった人々という印象だ。ほかの人間には与えられていないものを自分たちは手にしている、そう信じているのがはっきりと感じられる。ほんの一瞬、ルミッキは彼らがうらやましいと思った。

やがて信者たちは静かな声で互いに言葉を交わしはじめた。

「なんの話をしているの？」ルミッキはゼレンカにたずねた。

6月19日 日曜日

「一日の出来事を報告し合っているの。仕事に出かけている人は職場でどんなふうに過ごしたかを話すし、そうでない人は家でなにをしていたか話すのよ」

チェコ語の会話は穏やかなざわめきとなって続いている。ルミッキは信者たちの表情を眺めていた。しかし表情からはなにも読みとれなかった。微笑んでいる人もいないし、怒った顔の人もいない。信者たちにとって、心が清らかであるという言葉には感情を見せないという意味も含まれているのだろうか。そもそも、彼らは感情を持っているのだろうか。

そのうちに信者たちは一日の出来事をすっかり語り終えたらしく、その後の食卓は食事が終わるまで沈黙に支配されたままだった。ルミッキになにかたずねてくる人はおらず、ルミッキがいることを話題にする人もいなかった。夢の中のような雰囲気で、ゆったりと眠たげなのに、神経に障るなにかが忍び寄ってくる気配がする。ルミッキは隣にいるゼレンカにちらちらと目をやったが、ゼレンカは一心に自分の皿を見つめているだけだった。

みなが食べ終わると、アダムがチェコ語でなにかいって、それを合図に食卓のまわりの人々は互いに手をつなぎはじめた。ルミッキの左手は、年を取った男性の少し震えている手に握られ、右手はゼレンカの手に取られた。

「なにが始まるの?」ルミッキは声を潜めてゼレンカに聞いた。

「これは〈罪の輪〉というの」ゼレンカが答えた。「この一週間で犯した罪を、ひとりずつ告白するのよ」

ルミッキがなにかいう前に、もう告白が始まった。食前の祈りも長ったらしく感じられたが、〈罪の輪〉は永久に終わらないと思うほど延々と続いた。ひとりひとりが告白にかけている時間の長さから、かなり多くの罪を犯したらしいことがうかがえたが、これほど清らかでつつましい人々が、一週間でどうやってそんなに多くの罪を犯すことができたのか、ルミッキには理解できなかった。ひとりが告白を終えるごとに、輪になった人々はいっせいに両手を高く掲げ、しばらく待ってから下ろす、という動作を繰り返した。なにか罪の許しと関係がある動作なのだろう。

やがて告白の順番がルミッキのもとにまわってきた。ルミッキは愛想よく微笑を浮かべて首を振り、自分を飛ばして次の人に順番をまわしてもらおうとした。しかし、うまくいかなかった。

「だれにでも告白すべき罪があるものだよ」

アダムは優しい声でいいながら、ルミッキの目をきついまなざしで見つめてきた。

この男は驚くほど英語がうまい。そんな思いがルミッキの頭をかすめた。チェコ語のアクセントが、まったく感じられない。

「自分が罪を犯したとは思ってません」

ルミッキは答えた。

「だれもが罪を犯している。それも毎日」

アダムの声から優しさが消えている。

「そうだとしても、それは個人的なことです。そんなこと、ほかの人と分かち合いたいとは思わないわ」

整った顔立ちの青年がなにかいった。アダムはそちらに目を向けたが、やがてルミッキのほうに向き直り、青年の言葉を英語に通訳した。

「ここには個人的なことなど存在しない。すべてを分かち合うのだ」

その場の空気が一瞬にして険悪になった。全員の目がルミッキに注がれている。ゼレンカもルミッキを見ていたが、そのまなざしは哀願するようで、手はルミッキの右手を励ますように握りしめてくる。

ルミッキは首筋に汗が浮かんでくるのを感じた。この状況はまったく気に入らない。ここから立ち去りたい。いますぐに。

「ごちそうさまでした。もう行かないと」

そういって、立ち上がろうとした。

しかし、隣にすわっている老人は意外なほど力が強く、ルミッキの手を引っ張って椅子に引きもどしてしまった。その隙にアダムが立ち上がり、大またでつかつかとルミッキに歩み寄ってきた。そしてルミッキの肩に、重くのしかかるように手を置いた。

「この場所で罪を告白するのがいやなら、〈罪びとの独房〉に入って告白しなさい」

その声は優しかった。

「どこに入るって？」

ルミッキは声を上げながらゼレンカを見たが、彼女はただ首を振るだけだった。

「〈罪びとの独房〉は、自らの罪をより深く考えるべき者のためにある場所だ」アダムがいった。

ルミッキはアダムの声の優しい響きが気に入らなかった。むりやり椅子から立ち上がったが、そのとたん、何本もの手がまるで指令を受けたかのようにいっせいに伸びてきて、体を押さえつけられた。

「〈罪びとの独房〉はやめて！」ゼレンカが叫んでいる。

ルミッキは全力で抵抗したが、それもむなしく、両腕と両足をつかまれて体を宙づりにされてしまった。食堂から運びだされるとき、ゼレンカが目に涙をためているのをかろうじて見ることができた。その目は許しを求めているように思えた。


アダム・ハヴェルは、スマートフォンを操作して一枚の写真を画面に表示させた。もっとも、写真を見るまでもなく、自分がまちがっていないことはわかっていた。この娘だ。ショートヘアも、少々きつくて傲慢とさえいえそうな目つきも、まちがいない。ただ、娘があれほど激しく抵抗するとは予想していなかった。おとなしくさせるのに、男の手がいくつも必要になった。

娘が家の門の前にやってきたのを見た瞬間、これは消すべき相手だと気づいた。ただし自分の手で実行するつもりはなかった。そんなことをすればここにいる者たちをむやみにおびえさせてしまう。そこでアダムは娘を家に招き入れ、娘はいけにえの子羊のごとく自分からご愛読ありがとうございます。今後の出版の資料とさせていただきますので、お手数ですが、下記のアンケートにご協力くださいますようお願いいたします。

ルミッキ ❷ 雪のように白く　愛読者カード

著者サラ・シムッカ、2015年12月に 北欧フィンランドから来日決定!

※北欧風のパーティや著者サイン会など様々なイベントを企画中。イベント詳細の案内を ご希望の方は、下記にチェックをいれて、オモテ面をご記入のうえ、本ハガキをご返送ください。小社から11月 初旬よりご連絡をさしあげます。

イベント情報希望

□ 郵送　または

□ メール　[　　　　　@　　　　　]

●この本を何でお知りになりましたか。

1．新聞広告（　　　　新聞）　2．雑誌広告（雑誌名　　　　）
3．書評・紹介記事（　　　　）　4．弊社の案内　5．書店にすすめられて
6．実物を見て　7．その他（　　　　）

●この本をお読みになってのご意見・ご感想、また、今後の小社の出版物についてのご希望などをお聞かせください。

●定期的に購読されている新聞・雑誌名をお聞かせください。

新聞（　　　　）　雑誌（　　　　）

ありがとうございました

■注文書　小社刊行物のお求めは、なるべく最寄りの書店をご利用ください。小社に直接ご注文の場合は、本ハガキをご利用ください。宅配便にて代金引換えでお送りいたします。（送料実費）

お届け先の電話番号は必ずご記入ください。　自・勤 ☎

書名	冊
書名	冊

郵便はがき

料金受取人払

麹町局承認

6864

差出有効期限
平成29年3月
14日まで

1 0 2 8 7 9 0

108

（受取人）

千代田区富士見2-4-6

株式会社 西村書店

東京 出版編集部 行

お名前	ご職業
	年齢　　　　歳

ご住所　〒

お買い上げになったお店

区・市・町・村　　　　書店

お買い求めの日　　平成　　年　　月　　日

ご記入いただいた個人情報は、注文品の発送、新刊等のご案内以外は使用いたしません。

わなに飛び込んできた。娘が騒ぎを起こし、〈罪びとの独房〉に放り込む口実ができるのは時間の問題だと、アダムには最初からわかっていたのだ。

あの娘、本当にゼレンカの妹なのだろうか？　実のところ、アダムにとってそんなことはどうでもよかった。娘を始末すべしという明確な指示を受けているし、始末する以上、血のつながりがあるかどうかなど問題ではない。それにゼレンカは以前から少し変わったところがあった。現実より空想の世界に生きているような。アダムとしてはそれで困りはしなかった。そのおかげで、ゼレンカを操るのは彼女の母親のときよりたやすかったからだ。母親はひそかに身ごもって、家族から逃げだし、普通の暮らしをしようとした。家族にとって不適切な行動だった。家族から離れることは許されない。外部の人間に家族の内部のことを知られたら、危険なのだ。

同じこの街の中にいたというのに、ゼレンカの母親を探しだすのは恐ろしく困難だった。見つけだすまでに十五年近くかかってしまった。しかし、ついにアダムは母親をとらえ、罪を償わせた。溺死《できし》というのは、罪びとにはこれ以上ないほどふさわしい死に方だ。それは別としても、溺死なら事故に見えるし、公的文書には実際にそう記録されている。

アダムがスマートフォンを操作しているのは、鍵をかけた地下室の中だった。いつもそうしている。電化製品を持つことを禁じる掟は、当然ながら彼には適用されないが、ほかの者がこのことを知る必要はない。あの者たちには、可能なかぎり強く純粋な信仰を持ちつづけてもらわねばならない。

アダムはスマートフォンでメッセージを書いていた。これから拉致《らち》すべき娘は家の裏庭に立つ小さな石造りの小屋にとらえてあり、小屋の鍵は裏口の階段の陰に隠してある――そういう内容だった。拉致させてしまえば、家族の者たちは娘が自力で逃げだしたと思うだろう。さもないと、娘が跡形もなく消えたことで、家族の者たちに無用の疑いを抱かせてしまう。今後一時間は、家の中でも裏庭とは反対側の端にある祈祷《きとう》室に、家族たちをとどめておく。アダムはメッセージの中でそう請け合った。やがて書き上げたメッセージを、ひとりの女に送信する。彼女が指令を暗殺者に伝えてくれることになっているのだ。そう取り決めてあるのは、指揮系統をはっきりと一本化しておいたほうがなにかと都合がいいからだった。

いつか、〈罪の輪〉の席で、自分が実はどれほど悪しきおこないをしているか告白したら、どうなるだろう。アダムはいっとき、そんな空想を楽しんだ。気持ちが楽になるだろうか？まさか。そもそも罪という概念など信じてはいない。気持ちが楽になるのは、計画が遂行され、彼自身はここから遠く離れた場所にいるときのはずだった。

ルミッキの口をふさいでいる猿ぐつわは灰色のぼろ布で、その味は一分ごとにますますひどくなっていった。舌を刺すぼろ布の味は見た目の印象とまったく変わらない。ほこりまみれで、吐き気を催させる。悪くなった油のにおいがして、不潔だ。手首と足首をきつく縛り上げている目の粗いロープが、皮膚にぎりぎりと食い込んでくる。

〈罪びとの独房〉は、その名が示すとおりの場所だった。裏庭の奥まったところに建てられた石造りの小屋で、中は一辺が一メートルにも満たない小さな四角い空間だ。壁に背中をつけてすわったら足を伸ばせず、膝を曲げるしかないほど狭い。椅子なども一切置かれていない。壁には十字架にはりつけにされたキリストの像がひとつかけられ、その脇のフックにルミッキのバックパックが引っかけられているが、背中で手首を縛られているいまは手が届かなかった。天井のすぐ下に小さな窓があって、そこから青空を眺めることができた。扉には外から鍵がかけられている。

ルミッキはしばらくのあいだ、ロープを緩めることができないか、ロープをなにかにこすりつけて切ることができないかと試してみた。無駄なあがきだった。後頭部を壁にぐっと押しつけ、頭を上下左右に動かして、猿ぐつわをずらそうともしてみた。しかし、口をふさぐぼろ布はきつく縛られていて、一ミリたりともずれてくれなかった。ぼろ布の味を意識しないよう、ルミッキは必死になった。

やがて立ち上がったものの、足首を縛られているので容易ではなかった。ジャンプして、どれくらいの高さまで跳べるか試してみる。せいぜいほんの数十センチ。なんの役にも立たない。三度めにジャンプしたとき、着地でバランスを崩して尻もちをついてしまった。尾骨が石の床にもろに当たり、衝撃が走る。あまりの痛さに、目には涙がにじんできた。

しばらく床にへたり込んだまま、ルミッキは気力を取りもどそうと努めた。持てる力を、すでにだいぶ浪費してしまっている。膨れ上がっていくパニックを抑え込むのも難しかった。これまで、さまざまな困難に直面しては切りぬけてきたし、冷凍庫に閉じ込められて脱出に成功したことさえある。しかし、この状況は切りぬけることができないのではないか。ルミッキはそんな不安にとらわれていた。ここから脱出することは不可能かもしれない。

視線を上げて、木製のキリスト像を見やる。キリストが悲しみをたたえた大きな目で見つめ返してくる。祈りを捧げるのにこれほどふさわしいタイミングはないだろう。しかしルミッキは祈らなかった。祈ったところでだれかが聞いてくれるとは思えない。

小さな窓の外に広がる空は、泣きたくなるほど美しかった。

先ほど食べた味のしない食事がルミッキの胃の中でのたうちまわり、せり上がってこようとしている。むりやり飲み下そうとしたが、それは同時に、ぼろ布の味がさらに口の中に広がってしまうということでもあった。吐くことを考えてはいけない。さもないと、余計に吐きたくなってしまう。頭に浮かぶ考えとパニックを暴走させないように、なにかしなくてはならない。

立ち上がらなくては。

ルミッキは立ち上がると、奥の壁で背中をしっかり支え、ジャンプと同時にすばやく膝を引き寄せて縛られたままの両足を前に突き出すと、足の裏で扉を押した。頑丈な扉はびくともしない。同じ動作を三度試した。成果なし。再び床にうずくまり、もう一度気力を取りもどそうとしながら、ルミッキは考えを巡らせた。

背中を一方の壁に押しつけ、向かい側の壁に足を突っ張って、その姿勢のままバランスを取りながら少しずつせり上がっていけないだろうか。一センチずつでもずり上がっていけば、壁にかけられたバックパックか、うまくいけば窓のところまで行けるかもしれない。窓を割るか、それとも押し開けることはできるだろうか。

成功する確率を計算したりはしなかった。うれしくない答えが出ることはわかっている。それに、確率に救ってもらったことなど、ルミッキはこれまでに一度もなかった。自らのしぶとさと、忍耐力と、けっしてあきらめない気持ちをうまく利用することで、困難を切りぬけてきたのだ。

アダム・ハヴェルが自分をどうするつもりなのか、ルミッキはそのことも考えたくなかった。しかしどうしても考えてしまう。あの男のことは、これっぽっちも信用できないと思っている。ヤロという男性の死が偶然の事故死ではないとしたら――偶然ではないとルミッキは強く確信しているが――、アダムにはルミッキを生かしておく理由もないはずだ。あの男が自ら、ルミッキを始末するためにやってくるのだろうか。それとも、だれかに命じて実行させるつもりか。ルミッキはこの〈罪びとの独房〉の中で殺されるのか、処刑のためにほかの場所へ連れていかれるのか。

〈罪びとの独房〉で迎える死。そんなものを甘んじて受け入れる気はない。

壁に背中をしっかりと押しつけて立つ。背に当たる壁面は硬く、無慈悲に思える。しかしいまはこの壁に、支えを与えてくれる友人の役を演じてもらわなくてはならない。ルミッキは気持ちを集中させ、縛られた両足の裏で向かい側の壁をとらえることだけを考えた。壁を少しずつずり上がっていくのは骨が折れるし、体力も消耗することはわかっている。おそらく二度はできないだろう。つまり、一度で成功しなければならないのだ。

壁に背を当てたままジャンプする。すかさず膝を曲げて足を前に出し、足の裏で向こうの壁をとらえて強く踏ん張ると、向かい合った壁のあいだに架かる橋のように、ルミッキの体は宙に浮いた。バランスを取り、落ち着こうとしながら、鼻から深く息を吸い込む。血液中にめいっぱい酸素を取り込む必要があった。

一センチ、また一センチ、足の裏をじりじりと上へ動かしていく。向こうの壁に踏ん張った足の裏と、背後の壁に押しつけた背中は、どちらも体重を支えており、どちらにも均等に力をかけなければならない。足がある程度の高さまで上がり、肩や首筋にかかる負担が大きくなってくると、ルミッキは背中をずり上げはじめた。足を動かすより、背中のほうが圧倒的に難しかった。

二センチ。三センチ。

ほんのわずかずつしか進まない、苦しい動きを続ける。

ぼろ布の腐ったような味は口の中で強まっていくばかりだ。

あと数センチでバックパックに頭が届きそうだ。フックから外せるかもしれない。バックパックの中には果物ナイフが入っているから、それを使ってロープを切れるかもしれない。

そのとき、〈罪びとの独房〉に続く庭の小道から、足音が響いてきた。やがて足音は扉の前で止まった。ルミッキは思わず足を大きく動かしてしまい、バランスを崩してどさりと床に落ちた。

扉の錠に差し込まれた鍵がカチャリとまわる音がして、ルミッキはすさまじいパニックにとらえられた。

18

6月19日 日曜日

プラハで最も腕がよく、最も信頼できる暗殺者は、先ほど受けた指令を頭の中で繰り返していた。

まず、指定された住所へ向かう。裏口の階段の陰に、裏庭に立つ小屋の鍵が隠されている。小屋へ行き、手足を縛られている無力な娘を拉致して、さらに娘が自力で逃げだしたと見せかけるため、その場を適当に乱しておく。

単純明快。まちがえたり、失敗したりする可能性はゼロだ。

獲物は一度、暗殺者の手を逃れていた。しかし今回は、そうはいかないだろう。

小屋の扉が耐えがたいほどのろのろと開くのを、ルミッキは見ていた。頭をシャープに働かせようと必死になりながら。

相手の目をあざむくことはできないだろうか？ 気を失ったふりをしたらどうだろう？ そうすれば不意打ちを食らわせるチャンスが生まれる。ほんの小さなチャンスだが、なにか行動を起こさなくてはならない。闘わずしてあきらめたことなど、これまでに一度だってないし、いまもあきらめる気なんかない。

ルミッキは目を閉じ、床にぐったりとうずくまった。

何者かが中に入ってくる。

その人物はルミッキの頭に手を当て、髪をなではじめた。

「ルミッキ」そっとささやく声。

その瞬間、ルミッキは目を開けた。ゼレンカだ。

ゼレンカはルミッキの手足を縛っていたロープを手早くほどき、猿ぐつわのぼろ布も外してくれた。ルミッキは思わずむせ返り、口から新鮮な空気を吸い込まずにはいられなかった。信じられないほどおいしい空気だと思った。

「逃げないと。いますぐに。あまり時間がないの」

ゼレンカの声はうろたえ、おびえている。

ルミッキはフックにかけられていたバックパックを取りながらいった。

「ひとりでは行かない。一緒に来て」

ゼレンカは二、三度まばたきをした。ほんの一瞬、その選択肢を取ったらどうなるかと考えたにちがいない。しかし、やがて背後に立つ家のほうへちらりと目をやって、こういった。

「いまはここで押し問答をしている場合じゃないわ。ほかのみんなは祈祷室にいるんだけど、いつまでそこにいてくれるかわからない。わたしだけは、寝室で祈りを捧げる許しをアダムからもらったのよ。わたし、〈罪びとの独房〉の鍵にはスペアがあって、アダムが暖炉に隠していることを知っていたの。それを持ってきたんだけど、気づかれる前にもどしておかなくてはならないから」

「だけど、あなたがつかまってしまう。アダムから罰を受けるわ」

「つかまったりしないわ。あなたが自分で逃げだしたように見せかけておくから。さあ、もう行って。走るのよ！」

ゼレンカの顔にはすでに絶望が広がっていた。手も足も震えている。

ルミッキは走りだしたくてたまらなかった。けれど、血のつながった姉をあんなまともでない人々のもとに置き去りにするのかと思うと、恐ろしさに背筋が凍った。もしもいまこの場を立ち去ってしまったら、二度とゼレンカに会えないのでは？

「ここにいたら危険なの。ゼレンカ、あなたは知らないのよ……たぶん、だれもアダムの真の姿を知らないんだと思う」

ゼレンカが一歩あとずさった。その表情は、一瞬にしてよそよそしいものに変わっている。

「アダムのことなら、もちろん知っているわ。アダムはわたしに優しくしてくれる」

「だったら、どうしてあたしを逃がしてくれるの？」

「アダムは、真実を見る目を持たない人々に対して容赦のないところがあるから。それにわたし、あなたが苦しむのを見たくないし」

あなたのいっていることはめちゃくちゃだと、ルミッキは大声でどなりつけてやりたかった。ゼレンカがどんどん遠ざかっていくのを、なにをいっても聞こえないところへ行ってしまおうとするのを感じる。ふたりのあいだに、壁がそそり立っていた。

「だけど、いずれ真実が……」

ルミッキはもう一度口を開きかけた。

「もうすぐ、家族でない人々も真実を目にする日が来るし、そのとき彼らは真実に目を焼かれるわ。あなたが、わたしの妹が、彼らのひとりでないことを願っていたのだけど。でも、あなたの心は十分に開かれていないようね。もう行って」

ゼレンカの言葉はつららのような鋭さでルミッキの胸に突き刺さってきた。

ルミッキはこのとき、ゼレンカを抱きしめて、本当にあなたの身を案じているのよ、といってあげることもできたはずだった。あなたのことが心配なの、と。そうすることもできたのに、ルミッキはそれをしなかった。照れか、恐怖か、あるいは真実が、ルミッキを押しとどめた。

だれかをしつこく追いかけまわすなんて、絶対にしてはいけない。愛や友情や信頼がほしいとすがりつくなんて、なにがあろうとすべきではない。

それがルミッキの信条だった。それで彼女は、ただゼレンカの手に感謝を込めてそっと触れ、〈罪びとの独房〉を走り出ると、裏庭の柵に駆け寄って、鋭くとがった部分に気をつけながら乗り越えたのだった。振り向いて様子をうかがうのも無意味になるほど遠くまで走ってしまってから、ルミッキは自分のばかげた信条を呪《のろ》った。そんなものを持っているせいで、姉とのつながりを失ってしまったのかもしれない。そんなもののせいで、姉という存在をそっくり失ってしまったかもしれないのだ。

ルミッキはしばらく息を整えながら立ち止まっていたが、やがてバックパックから紙切れを引っ張りだした。ゼレンカが、枝の少ない低木のような系図を描いてくれた紙。生きている人間とうまく言葉を交わすことができない以上、死者のもとを訪れて話を聞いてみるべきだった。

ゼレンカは、片方の手で顔をかばいながら、もう片方の手に持ったキリスト像を力いっぱい窓に叩きつけた。ガラスが割れてあたりに飛び散る。音が家の中にまで届いたはずだから、ゼレンカに与えられた時間はほんの数秒だった。幸い、みんなが集まっている祈祷室は家の反対側にあり、そこから裏庭は見えない。〈罪びとの独房〉の窓は小さく、ガラスを割ってつくった穴はさらに小さかったが、そこからルミッキが逃げたといわれれば、もしかしたらそんなこともあるかもしれないと思える程度の穴にはなった。床に転がっているロープの脇に、ゼレンカは手に持っていたキリスト像を投げ落とした。キリストが失望のまなざしで見上げている気がした。

わたしの犯したすべての罪をお許しください。ゼレンカは静かにそうつぶやいた。

それから小屋の外に出ると、心臓を破裂しそうなくらいどきどきさせ、振り返って様子をうかがいたい衝動をこらえながら、扉の錠に鍵を差し込んだ。振り返ったりしたら貴重な時間を無駄に使ってしまうことはわかっている。両手がどうしようもないほど震えていたが、ゼレンカはなんとか鍵をかけ終えた。急いで裏庭から立ち去り、家の反対側にまわり込んだとき、家の中でみんなが裏口へと向かっていく小走りの足音が聞こえてきた。

ゼレンカは心の中で祈った――自分がちゃんと寝室にいるか、確認しようと考える人がいませんように。こんなことを祈ってはいけないと知ってはいたが、いまは気にならなかった。

みんなが裏庭に集まって、興奮気味に会話している声が聞こえてくる。ゼレンカは、震える足を励ましながら、家の外壁に立てかけておいたはしごをのぼって寝室の窓を目指した。窓から慎重に部屋の中をのぞき込む。だれもいない。ドアも閉まっている。ほっと胸をなで下ろした。なにより大事なのは、開けておいた窓がそのままの状態だったことだ。

ゼレンカは窓から寝室に滑り込んだが、そのとき、先ほど割った窓ガラスの破片が、手の甲に赤い血のにじむ細長い傷をつけていることに気づいた。傷を唇に当て、血を吸い取る。血の味に気分が悪くなったが、いまは弱音を吐くわけにいかない。傷口からは赤い血がどんどんにじみだしてくる。ゼレンカはけがをした手をベッドの上掛けの下に突っ込むと、傷口をシーツに押しつけた。もしもだれかに、どうして血がついているのかと聞かれたら、生理が予定より早く、寝ているうちに始まってしまった、といえばいい。

やがて出血が治まってきた。ゼレンカは寝室のドアを開け、一階へと駆け下りていった。

暖炉。暖炉のところまで行かなくては。アダムか、あるいはほかのだれかに疑いの目を向けられないうちに、一刻も早く鍵をもどしておかなくては。

居間の窓から裏庭の様子をすばやくうかがってみた。ほかのみんなはまだ裏庭に集まっている。〈罪びとの独房〉の扉はすでにアダムの手で開けられていて、切れ切れに聞こえてくるみんなの会話から、ルミッキはいったいどうやって逃げたのかと話し合っているらしいことがわかった。ゼレンカは片手を暖炉に突っ込み、内壁にある秘密のくぼみを指先で探り当てると、そこに鍵を押し込んだ。

そのとき、ゼレンカを呼ぶアダムの声がした。ゼレンカは裏口へ走っていった。

「おまえの妹だという娘が、消えてしまったよ」

アダムがいった。

「なんですって?」

ゼレンカは、この場にふさわしい驚きと怒りと恐れを自分の声にまぜ込もうと努めた。アダムの鋭いまなざしがまっすぐにゼレンカの目をのぞき込んでくる。その視線を、ゼレンカはたじろがずに受け止めた。生まれて初めてのことだった。アダムは眉間にしわを寄せたが、ゼレンカは本当になにも知らないという表情を保ちつづけた。

「信じないなら、自分の目で確かめるがいい」やがてアダムがいった。

アダムが自分に背を向け、先に立って裏庭へと歩きだすと、ゼレンカは片手をそっとズボンのポケットに入れた。こうしておけば、手のひらの傷も、暖炉のすすで汚れた指も、見られずにすむだろう。

アダムの後ろを歩きながら、ゼレンカは考えていた。うそをつくのはなんと簡単なのだろう。そう考えたのはこれが初めてではなかった。

携帯が新たなメッセージの着信を告げた。暗殺者は携帯をチェックした。すでに目指す住所のすぐそばまで来ている。メッセージは依頼主からだった。

〈よくやった〉

暗殺者は面食らった。請け負った仕事は、まだ遂行していないのだが。電話で確認するしかないという屈辱的な事実に思い当たり、彼はひとり悪態をついた。ひとつの考えが、暗殺者の体を内側からむしばみはじめた。

あの娘、逃げたのかもしれない。またしても。

19

その天使像は、重たげな頭を片方の手にもたせかけていた。左の翼から大きな破片が欠け落ちていて、その目は大粒の黒い涙を何世紀ものあいだ流しつづけてきたかに見える。守護するという務めを果たせなかったことで、自らを厳しく責めている守護天使。足にからまるツタが足かせのようだ。翼の破れたこの天使は、二度と天へ舞い上がることはないだろう。永遠に地上にとどまって、黒い涙を流しながら、果たせなかった務めを思って苦しみつづけるがいいと、宣告された天使。

ルミッキは、うちひしがれて悲嘆に暮れている天使の姿を眺めていた。自分も同じ気持ちだと思いながら。同じくらい、絶望している。同じくらい、務めを果たせずにいる。いったい自分になにができると思っていたのだろう。このヴィノフラディ墓地はプラハ最大級の墓地のひとつだ。ここでルミッキがやろうとしていたことに比べれば、干し草の山から一本の針を探しだすのさえ、子どもの遊びに等しかった。

ゼレンカはルミッキに、亡くなった祖父母、フランツ・ハヴェルとマリア・ハヴロヴァーが、この墓地に埋葬されていると話してくれた。ただ、墓参りに訪れたことは一度もないという。死せる者でなく生ある者にこそ心を注ぐべきであり、それがアダムの考えだと、ゼレンカはいっていた。しかし、それを聞いたルミッキは、家族の血縁関係がどうなっているかほじくり返してもらっては困る、という教団指導者の声が聞こえたような気がしたのだ。だからこそ、墓標が明かしてくれることがなにかあるかもしれないと思って、ここへやってきたのだった。

もしも、血縁に関するアダムの説明におかしいところがあると証明できれば、それを根拠にゼレンカを説得し、あの教団にとどまっていては危険だとわからせることができるかもしれない。血縁についてアダムがうそをついていることをはっきり示せれば、ゼレンカはあの男の説くその他の〝真実〟を信じるのも、やめてくれるかもしれない。うまくいく見込みは薄いとわかっていたが、ルミッキはほかになにも思いつけなかった。

とにかく、血のつながった姉を教団とアダムの手から救いださねばならないのだ。

ルミッキは市街地にある地下鉄の駅から歩いて墓地へやってきたが、それはまちがいだったといまになって気づいた。今朝はサンダルでなくスニーカーを選んだ。しかし、足が呼吸できるサンダルのほうがやはりよかったのだ。スニーカーの中で足は汗をかき、かかとの皮膚がすりむけ、足の指はあつあつのマッシュポテトみたいに蒸れている。ミネラルウォーターのボトルは三十分前に空にしてしまった。歩いてくるあいだに摂取した水分の量より、汗として失った量のほうがどう考えても多い。じきに頭がずきずきと痛みはじめるはずだ。

ここでゼレンカの祖父母の墓を見つけだすことなど、絶対に不可能だと思えてきて、ルミッキの苦痛はますます大きくなった。墓地は広大で、墓石がどういう順序で並んでいるのかさっぱりわからないし、あたりの雰囲気はといえば、明るい太陽の下だというのに、ゴシック風の幻想文学からぬけだしてきたかのような陰鬱さだ。年老いた木々が高くそびえ、墓石の上に不気味な影を落としている。墓石や十字架や石像や塀の一部には、時の流れが貪欲な牙《きば》の跡を残していた――欠け落ちている部分も多いし、石像の天使たちは片手や両手を失い、頭までなくなっているものもあって、見るからにグロテスクだ。墓石に刻まれた文字はかすれていて判読が難しい。おまけに、あちこちに暗緑色のツタがはびこっていて、地面や木の幹や墓石を分厚い緑のじゅうたんみたいに覆っている。

ゼレンカの祖父母と同じ、フランツ、マリアという名が刻まれた墓石を、ルミッキはもうどれほど目にしたかわからなかった。ハヴェル姓の墓はさらに多く、探し求めているのと同姓同名であるフランツ・ハヴェルやマリア・ハヴロヴァーという名前さえ、何十もの墓石に刻みつけられている。ただ、どれも年代が合わなかった。十八世紀に生きていた人たちの墓に用はない。

脱水症状による頭痛が後頭部からこめかみへじわじわと広がっていく。痛みはやがて前頭葉に到達し、最悪の場合は吐き気を催すなど体調に異変をきたすかもしれない。ぼろ布の味は口をすすいだことでだいぶ薄くなっていたが、教団でふるまわれた日曜日のごちそうが、いまだにルミッキの胃の中でのたくっている。墓地で嘔吐《おうと》するのは避けたかった。死者たちは気にしないかもしれないが、生きている人たち、家族や親類の墓参りにやってくる人たちに対して、失礼だと思った。

ルミッキはしばらく休もうと木陰のベンチに腰を下ろし、深く規則的に呼吸しようと努めた。

これ以上、ここで墓石を探しまわっても無意味だ。さっさと近くの店に飛び込んで冷たい飲み物でも買おう。ゼレンカの祖父母のことなら、なにか知らないかと後でイジーに聞けばいい。彼はすでに、教会の信者たちの出生や死亡について記された教区簿冊を、いくつも調べているのだから。

墓地に来たのは、まったくの骨折り損だった。ルミッキはこの経験を教訓として覚えておこうと決めた——あせって計画を立ててはいけない、前もって確認せよ。

そのとき携帯が鳴りだした。パパからの着信。いまここで電話を受ける気になれなかったが、出たほうがいいことはわかっていた。電話に出なければ、パパとママは娘になにかあったのかと思って、わけもなく気をもむだろう。

「さっきママと電話で話したときに、話が途中になってしまったそうだね。そもそもパパに電話してきたんだろう?」パパの声がいった。

「ああ、うん。ただ、パパがプラハに来たときどうだったか、聞きたいと思っただけ」

答えながら、ルミッキは目の前にある墓石をなんとなく眺めていた。はびこるツタが墓石をほとんど覆い隠している。無駄に墓地まで足を運んでしまったとはいえ、ルミッキはそのことをただ後悔しているわけではなかった。この場所には、夢のような、悪夢のような、ゴシック風の詩にも似た独特の雰囲気が漂っていて、それがうっとりするほどすばらしい。この雰囲気を味わえただけでも、来た価値があるというものだ。

「プラハに行ったことがあると、なぜわかった?」

パパの声は問い詰めるような響きを帯び、冷淡にさえ感じられた。

ルミッキはしばらく考え込んだ。やはり、パパになにもかも明かしてしまうわけにはいかない。いまはまだ。

「パパを知ってるって人がいて。過去のパパを知ってる人、っていったほうがいいかも」

「もうずいぶん前のことなのに、いまだに覚えている人がいるとは驚きだが……」

ルミッキはパパの言葉をさえぎり、ずばりと核心に斬り込んだ。

「ここに来たことがあるんなら、なぜ話してくれなかったの?」

6月19日 日曜日

電話の向こうは長いこと静まり返ったままで、ルミッキは回線が切れたのかと思いかけた。

「率直にいうが、あのときのパパは悲しみのあまり精神状態が少しおかしかったんだ、できれば思いだしたくないんだよ。実際、あのときのことはなにも覚えていない」

しまいにパパが、喉からしぼりだすような声でいった。

自分にとって初めての娘がこの街で生を受けたことも、覚えてないってわけ？　ルミッキは携帯に向かってどなりたかった。

「そういうわけで……だから、話さなかったんだ。話すことはなにもないし」

ルミッキは苛立ちに震えながら一点をにらんでいた。話すことはなにもない？　姉妹の片割れがここにいるのに、べつに話題にするほどのことじゃないっていうの？　たいしたことじゃないとでも？

「とにかく、あたしが電話したのは、それを聞こうと思っただけで」やがてルミッキは口を開いた。「ほかに用は、なにもないから」

「そっちは大丈夫かい？　お金は足りているのか？　ホステルはきちんとしたところか？」

パパの声が、心配そうな、しかし娘とは少し距離を置いている父親の声にもどった。

「うん、うん。べつに問題ない。それにあたし、あと何日かしたら帰るんだし」

姉妹そろって帰ることになるかもね。ルミッキは心の中でそうつけ加えた。そのときは、〝話すことはなにもない〟の一言で片づけられたのがいったいどんなことだったのか、パパにもう一度よく考えてもらうことになる。

自分の家族はただ与えられた役柄を演じているだけだと、ルミッキはこれまでに幾度となく感じてきた。パパは父親の、ママは母親の役を演じ、ルミッキ自身は娘の役を演じているだけ。常に撮影のカメラがまわり続けているかのように、三人ともお決まりのせりふを並べ、決められた動作をしているだけ。

幼いころのルミッキは、どこの家でも同じなのだとばかり思っていた。しかし十歳にならないうちに、店や公園や親類の集まりなどで見かけるよその家族の様子に目がいくようになり、よそのパパやママや子どもたちがどんなふうにしているか観察するようになった。よその家族は、ルミッキの家族とはちがっていた。けんかをしたり、笑い合ったりして、ひとりひとりがまちがいなくそこに存在し、互いの存在をしっかり感じ合っているようだった。ルミッキの家族は心に浮かんだことがあってもそれを口に出したりしない。口に出すのは、それぞれが自分の役柄に合わせて選んだせりふだけだ。

そのせいで、ルミッキの家は奇妙な雰囲気に包まれていたし、そんな中で本当に意味のある会話をするのは難しかった。会社勤めのパパと、図書館で情報検索のスペシャリストとして働いているママは、それぞれの役柄を基本的にはちゃんと演じている。しかしふたりとも、ほかのだれかが書いたせりふをひたすら読み上げているような感じがして、それが消えることはなかった。ふたりは血肉の通った人間というより、まるで影絵のようだった。影の向こうに隠されている本当の姿を、どうやったら目にすることができるのか、ルミッキにはわからなかった。

ふと、目の前の墓石がルミッキの注意をとらえた。三つに裂けた形の葉が緑濃く生い茂っている陰に、Fで始まる人名が顔をのぞかせている。あとひとつだけ、この墓石だけ、確認してみようとルミッキは思った。これでもう最後にしよう。

ベンチから立ち上がり、墓石に歩み寄った。驚くほどぎっちりとからみ合っているツタを手で払い、刻まれた文字をあらわにする。フランツ。フランツ・ハヴェル。さらにもうひとつの名前もあった。マリア・ハヴロヴァー。ルミッキの心臓が高鳴りはじめた。生没年も、ゼレンカの祖父母としておかしくない数字だ。

「なにかあったら必ず電話してきなさい」パパがいっている。

「わかったわかった。じゃあね！」

いかにも反抗期の高校生みたいな電話の切り方をしてしまったが、いまは目の前の墓石に集中したかった。三つめの名前も刻まれているのが見える。ツタの葉を脇に払うルミッキの手は震えていた。

クラウス・ハヴェル。一九四〇年生まれ、一九五二年没。

その年号をルミッキはしばらく凝視していたが、やがてずきずき痛む頭がきちんと働きはじめ、ひとつの事実を告げてくれた。

クラウス・ハヴェルという人物は十二歳で亡くなっている。彼がアダム・ハヴェルの父親である可能性は、きわめて、きわめて低いはずだ。もちろん可能性はゼロではないが、疑惑の大きさを考えると、アダムがゼレンカに対してうそをついていることは、まずまちがいないのではないか。ルミッキはポケットから携帯を取りだし、墓石の写真を撮った。後でゼレンカに見せればいい。これを見ればゼレンカも、〝家族〟や、とりわけその〝父〟が、これまで信じてきたような清らかな存在ではないとわかってくれるかもしれない。

携帯をポケットにもどしながら、ルミッキはあるにおいが鼻孔を刺すのを感じていた。頭痛をひどい片頭痛に悪化させそうなにおい。きついアフターシェーブローションのにおいに、汗くささがまじっている。

昨晩かいだのと同じにおい。

ルミッキは貴重な時間を一秒たりとも無駄にすることなく、振り向きもせずにいきなり全速力で走りだした。一秒に満たない一瞬でさえ、無駄にするわけにはいかなかった。足音が背後から追いかけてくる。

墓地の通路は砂地で、追跡者をすぐ後ろに従えたルミッキが飛ぶように駆けていくと、スニーカーの下で砂がざくざくと音を立てた。

せめてあたしのことだけでも守ってよ。ルミッキは、うつろな目で逃げる自分を見つめている、あきらめの表情の天使たちに向かって心の中で呼びかけた。その翼を広げて、敵を打ちのめす嵐を巻き起こしたまえ。

熱い空気のかたまりは微動だにしない。

追っ手は足が速かった。休息も水分もたっぷり取っているにちがいない。対するルミッキは、昨晩はほんの数時間しか寝ていないし、猛暑の中を歩きまわってくたくただし、肌からは汗が噴きだしているが、汗ならこれまでにも大量に流れていて、すでに全身が干からびそうになっている。

ルミッキは墓地の門から飛びだした。すぐそばに地下鉄の駅がある。瞬時に心を決め、駅へ向かう階段を駆け下りはじめた。暗殺者に追われながら地下へもぐるのは、強く心を引かれる選択肢とはいいがたかった。しかしルミッキは、駅に行けば警備員がいるだろうし、人でいっぱいの駅や車内なら暗殺者も手だしができないだろう、と踏んだのだ。だが、背後に響く重たい足音が、相手はあきらめていないことを告げていた。

ちょうど列車がホームに滑り込んできて、ルミッキは目の端でそれをとらえた。ドアが開いて乗車しはじめた人々の先頭集団にまぎれて、車内に飛び込む。降りる客が何人もいて、暗殺者の行く手を阻んだが、それでも足止めの効果はたいしたことがなかった。ルミッキは逃げる足を止めず、車両を次々と移動して乗り込んだドアから離れようとした。暗殺者は人混みをかきわけて列車に乗り込み、ルミッキのほうへ迷わず近づいてくる。

そのときホームの反対側に別の方面へ行く列車が入ってきた。そのドアが開いたとたん、乗り換えの客がどっと降りて、ルミッキと暗殺者が乗っている列車に押し寄せてきた。何十人もの乗客が、ルミッキと暗殺者のあいだに割り込んでくる。暗殺者が苛立った様子で人混みをすりぬけようとするのが見えた。この暗殺者は、ギャラリーがいても一向にかまわないらしい。その表情からして、大勢の乗客が見守る中でルミッキの首を素手で締め上げ、殺すこともいとわない、と思っているようだ。

ルミッキは平常心を保つために精一杯の努力をしていた。頭の中では過ぎていく秒数を数えている。ぎりぎりまで待たなくてはならない。

暗殺者がせまってくる。乗っている列車のドアが閉まっていく。後からホームの反対側に入ってきた列車のほうは、まだドアが開いている。それが閉まりはじめるのが見えた瞬間、ルミッキはドア付近のボタンをすばやく押した。閉まった直後ならこれで開けられる。列車から飛び降り、ホームを大股で横切って反対側に停車中の列車に駆け寄ると、背負っていたバックパックを片手につかんで体を横に向け、閉まろうとするドアの隙間からかろうじて車内に滑り込んだ。

列車が動きだした。さっきまで乗っていた列車も動きはじめている。取り残された暗殺者が、顔を真っ赤にしてむなしくドアを叩いているのが、ルミッキの目にちらりと映った。列車は彼を乗せたまままみるみる遠ざかっていく。

ルミッキは座席にへたり込み、震える手で額の汗をぬぐった。隣にすわっている十歳くらいの男の子が、目にありありと尊敬の色を浮かべてルミッキを見上げている。男の子は、眉を上げてみせながら、手に持っていたファンタのペットボトルを差しだしてきた。飲んでいいよ、ということらしい。ルミッキは断りかけたが、気を変えた。

ちょっぴり炭酸のぬけた生ぬるいファンタオレンジは、これまでに飲んだどんな飲み物よりもおいしかった。

20

6月19日 日曜日

「炎天下の耐久マラソンに出場でもしたのかい？　さもなきゃ、どうしてそんなよれよれの格好になっちゃったの？」

イジーに聞かれて、ルミッキの頭の中を今日一日の出来事が一気に駆け巡った。血のつながった姉を見いだし、カルト教団にとらわれ、その教団に姉を残して逃げだし、墓地をさまよい、アダムのうそを暴き、自分を殺すために送り込まれてきた暗殺者を振り切って、いまようやくここにいる。とてもではないが軽口に付き合う気分ではなかった。

ルミッキが真顔のままなので、イジーの顔からもすぐに笑みが消えた。

「なにがあった？」心配そうにたずねてくる。

「中に入りましょう、そうしたら話すから」ルミッキは答えた。

ふたりは夕方の五時にイジーのアパートメントで落ち合う約束をしていた。ルミッキは五分前に到着したが、出入口でイジーの部屋のブザーを鳴らしても応答がなかったので、周囲に視線を走らせつつ建物の前で待っていたのだ。

ここにもどってくる前、ルミッキはあらゆる交通機関を活用してプラハ中を移動してまわった。追ってくる暗殺者を完全にまいたと確信できるまで。それから店に飛び込んで一・五リットル入りのミネラルウォーターを買い、ほとんど一気に飲み干してしまった。それでようやく脱水症状による頭痛がやわらぎ、口に残っていたぼろ布の味もすっかり消し去ることができたのだった。

いまは早くシャワーを浴びて服を着替えたかった。一日の出来事をすっかり肌から洗い流したい。心にしみついたものを流し去ることはできないにしても。

イジーがすばやく出入口のドアを開けてくれ、ふたりは中に入ると黙ったまま階段をのぼりはじめた。声の響く階段でべらべらしゃべる気などルミッキにはなかったし、幸いイジーもせっついてはこなかった。深刻な事態らしいと、彼にもわかっているのだ。イジーの住まいのある最上階に着いたとき、異変に気づいたのはルミッキのほうが早かった。

「今朝、出かけるときにドアの鍵を閉め忘れたの？」

イジーはもう、わずかに開いているドアの前に立っている。

「そんなことは絶対にない」

部屋の中は徹底的に荒らされていた。家具はひっくり返され、クローゼットの中身はすべて床にぶちまけられ、引きだしはすべて開けられていて、本棚の本もすべて引っ張りだされているし、ファイルや書類も引っかきまわされている。しかし薄型のハイビジョンテレビはそれまでどおりの位置にあるし、デスクトップパソコンと、多くの付属品がセットになったプロ仕様のシステムカメラも手つかずのままだ。金目のものを狙っているなら、これらの品を真っ先に持っていくだろう。つまり、これは空き巣のしわざではないということだ。

イジーはチェコ語の罵《のの》り言葉を吐きつづけている。

「なにか盗《と》られたものはある？」

ルミッキは自分の持ち物を拾い集めながらたずねた。ここに置いてあった荷物は衣類と化粧ポーチだけだ。ほかの持ち物、すなわち、パスポートを入れた財布と、ノルウェーのベストセラー作家ジョー・ネスボの小説のペーパーバック版は、バックパックに入れて一日中持ち歩いていた。ページの角が少し傷んだペーパーバックなんて、持ち歩いても意味がなかった。ゆっくり読書するひまなど、今回の旅行ではないも同然だ。部屋に置いてあった衣類はどれも無事だった。ただ、不思議なことにブラジャーのカップが切り裂かれている。この部屋に押し入ってきた侵入者は、ルミッキが薄いカップの中に国家機密でも隠していると思ったのだろうか。

「この惨状じゃ、盗まれたものがあるかどうかなんて、とてもじゃないけど即答できないよ」イジーは腹立たしげにいった。「ただ、おそらく侵入者の目的は盗みではなく、この部屋でなにか探しだしたいものがあっただけだろう。それがなにかは、わからないが」

イジーはスポーツバッグをぽんと床に放り、その中に衣類やファイル、書類などを手当たり次第に詰め込みはじめた。

「ぼくもきみも、ここにいては危険だ」ルミッキの問いかけるようなまなざしに気づいてイジーがいった。「ここに押し入ってきたのがどこのどいつかはともかく、そいつは必要に応じて必ずまたやってくるはずだからね」

「どこへ行くつもり？」

そうたずねたルミッキは、すでにわずかばかりの荷物をまとめ終えていた。

「真夜中でも警備の目が光っている場所さ」


ルミッキは木の陰に立って、身を隠しながら待っていた。もう二時間も待ちつづけていたが、必要ならまだまだ待ちつづけるつもりだった。ミネラルウォーターのボトルからひと口飲み、水分を補給する。ありがたいことに、木立の中にいれば日が当たらないから、ほかの場所にいるよりはいくらか楽だった。

今日、目の前の家から脱出したときは、まさか同じ日のうちにここへもどってくることになるなどと、夢にも思っていなかった。

黒々とした鉄の柵は監獄の檻を思わせる。監獄。この教団はゼレンカがとらわれている監獄なのだろうか。はっきりしたことはルミッキにはわからないが、残念ながらそういう印象があるのはたしかだ。ゼレンカには、好きなときに好きな場所へ行く自由もなく、勉強をしたり仕事をしたり、外部の人たちと付き合ったりする自由もなければ、自分のしたいことをする自由もない。ゼレンカが、捏造《ねつぞう》された血のつながりによって〈白き家族〉に取り込まれてしまったというのであれば、この場所はますます監獄めいていると、ルミッキは思った。

荒らされたイジーの家を出たふたりが向かったのは、スーパーエイトのビルだった。何日か泊まり込むのにちょうどいいとイジーが提案してくれたのだ。ビルに向かって歩きながら、ルミッキは墓地で見つけた墓石のことを彼に話した。

「ぼくの調査によれば、アダム・ハヴェルは一九五〇年生まれなんだ。その年に十歳だったクラウス・ハヴェルが、アダムの父親であるはずはない」

ルミッキの話を聞いてイジーはそういい、さらに説明を続けた。

「あの教団が主張する血のつながりには、その手のあやしげな話が満載なんだよ。とはいえ、いまのぼくらにとってさらに重要なのは、アダム・ハヴェルこそがあの教団の指導者だという情報が得られたことだ。ぼくはこれまで、取材した人々からだれが指導者なのか聞きだそうとしてきたんだけど、その名を明かす度胸のある者はいなかった。もちろん、アダムが教団の一員であることはわかっていたけど、どういう地位にあるのかは不明だったんだ。あの男の身元を、さらに詳しく洗ってみる必要があるな」

「あたしのほうは、ゼレンカにこのことを伝えなくちゃ」

「その女性のこと、ずいぶん気になるみたいだね」

イジーの言葉に、ルミッキはただうなずくだけにしておいた。そのとおり、ゼレンカのことが気にかかる。ルミッキには姉と呼ぶ人ができたのだ。その人の手を離すつもりはない。だからこそルミッキは、アダム・ハヴェルの過去を調べたいというイジーをスーパーエイトのビルに残し、教団の家の前までやってきて、ゼレンカが姿をあらわすのを待とうと決めたのだった。

これまでのところ、家から出てきたのは中年の女性がひとりだけだった。庭に咲く白バラに大きなブリキのじょうろで水をやっていたが、じょうろはひどくさびついていた。女性が出てきたとき、ルミッキは木陰のさらに奥まで身を隠した。女性は顔を上げて耳を澄ますような仕草をしたが、やがてまた熱心に水やりを始めた。

その後も同じ場所に長時間立ちつづけてきたルミッキの足は、疲れて棒のようになっている。足から足へと体重を移し替え、そっとストレッチもしてみた。ゼレンカはいずれ必ず姿をあらわすはずだ。少なくともルミッキは、そうであってほしいと心から願っていた。

やがて裏口のドアが開き、編んだ髪を頭に巻きつけた見覚えのある姿が、ついにルミッキの目に飛び込んできた。ゼレンカ。悲しげで、どこかあきらめの表情のようなものを浮かべている。ルミッキは低く口笛を吹いた。ゼレンカが目を上げ、気づいてくれたのがわかった。ルミッキはあわてて唇に人さし指を当てた。ほかの人たちに気づかれてはまずい。ゼレンカは、ためらいがちに周囲を見まわしてから、柵に近づいてきた。そして、ほんのわずかに頭を動かして家のほうを示し、かすかに首を振った。庭を出ることはできないと伝えようとしているのだと、ルミッキは察した。

こういう事態なら予想していた。ルミッキはメッセージを書いておいた紙切れを取りだして、ゼレンカに示した。紙切れを丸め、柵の上から庭へ投げ入れる。紙の玉はゼレンカの足元から一メートルほど離れたところに落ちた。

ちょうどそのとき裏口のドアが再び開いて、中から若い男がひとり出てきた。ゼレンカは脇に寄り、視線は落とさないまま、片足で紙の玉を踏んで隠した。男はゼレンカに向かって大声でなにかいっている。ゼレンカが返事をする。男の声がだんだん苛立ちを帯びてきたが、ゼレンカはただ肩をすくめるばかりだ。しまいに男はため息をつき、きつい口調で一言なにかいうと、中へ引っ込んだ。ゼレンカはすかさず身をかがめ、紙の玉を拾い上げてポケットに入れた。そして、もう一度ルミッキのほうへ目をやってから、家の中へ消えていった。

ルミッキは大きく息を吐きだした。いつのまにか息を止めていたらしい。

あの紙切れには、明日の正午、最初に会ったのと同じ場所で会いたい、と書いておいた。ゼレンカは明日までに、家をぬけだして街へ出てくる口実をなにか考えついてくれるだろう。ルミッキはその可能性に賭《か》けたのだ。

やがて教団の家を離れ、街の中心部へもどりはじめたルミッキの足は、異様なほど重たかった。汗が幾筋もの川になって背中を流れ落ちていく。唇をなめると、刺すような強い塩の味が口の中に広がっていった。

空の色は青みを帯びた黒に変わっている。スーパーエイトのビルの大きな窓に、街の明かりが反射して輝いていた。このビルの九階からはプラハの中心部を一望することができ、ライトアップされたプラハ城までも見渡せる。そのフロアに位置するオフィスで、ルミッキは目を開けていようと必死になっていた。あまりにも疲れていて、すわったまま寝てしまいそうだったのだ。

オフィスの隅にはイジーが見つけだしてきたキャンプ用具が並び、ふたり分の寝袋までそろっている。

「うちの会社には登山部門があるんだ、助かったよ」

イジーは最初、にやりと笑ってそういったのだが、あながちジョークでもなかったらしい。パソコンの画面が青い光を放っている。イジーはもう三時間も、パソコンの前から一歩も動かずにいた。それ以前に彼が席を離れたのはたった一度きり、中華料理のデリバリーサービスで届けられた紙パックを受けとったときだけだった。ルミッキはイジーから、教団内の血縁関係に関する調査資料を、読んでおくようにと渡されていた。資料はどれも、イジーが黒いペンで書き込んだマークや疑問符や矢印でいっぱいだ。しかしルミッキにとってその内容は、特に目新しい事実や、画期的な展開をもたらすような秘密を明かしてくれるものではなかった。

少しだけ目を閉じていようとルミッキは思った。ちょっと目を休ませるだけ。今日も長くてハードな一日だった。一秒間だけ目を閉じていよう、それか二秒間だけ……。

おでこから書類の山に激突して、ルミッキは目を覚ました。イジーがこっちを見ている。

「もういいから、きみは休みなよ」

「あたしは大丈夫だから」

そういったものの、ルミッキの口は大きなあくびに押し広げられた。

「じゃなきゃ、トウフの激辛ソースがけでも食べろよ。目が覚めるから」

イジーはテーブルの向こうから中華料理の紙パックをひとつ押してよこした。

「そんな冷えきったトウフを？　せっかくだけど、グルメ体験はもうたくさん」ルミッキは答えた。「第一、まだお腹がいっぱいだし。十人前くらい注文したんじゃないの？」

「メニューはきみが決めたんだろ。ともかく……おおっ、ビンゴ！」

そう叫んだイジーの声があまりに大きかったので、ルミッキは否応《いやおう》なしに目が覚めてしまった。

「これを見てくれ！」

ルミッキはイジーの脇へ歩み寄った。パソコンの画面には、スタイリッシュな白い麻の服に身を包んだ、三十歳くらいの男の写真が表示されている。長い髪をぎゅっとまとめて、ポニーテールに結った男。若いころの姿だが、鋭い灰色の目と、もじゃもじゃと濃い眉毛を見れば、それがだれだかルミッキにもわかった。

「アダム・ハヴェルね」

「本名で呼ぶなら、アダム・スミス。別名が、すでにおなじみのアダム・ハヴェルってわけだ。この写真は一九八〇年に撮影されたものだけど、顔立ちを見れば、ぼくでもあの男だとわかるよ」

イジーは勢い込んでいる。

「アメリカ合衆国、ネブラスカ」

ルミッキは写真に添えられたテキストの中の地名を読んだ。

「そのとおり。当時、ネブラスカには〈白き兄弟〉と名乗る宗教団体が存在していた。信者は全員が若い男性で、自分たちはキリストと直接の血のつながりを持っていると信じていたんだ。教団を率いていたアダム・スミスは、その後姿を消している。いま考えれば、〈白き兄弟〉と極めてよく似た構想を引っさげて、いずれこのプラハにあらわれる魂胆だったということか。ただ今回は、男性だけでなく女性も引き入れることにしたのがちがうけど」

「姿を消した理由は？」

「アダムは信者たちに私財をすべて寄付させていたんだ。集めた寄付は、善きおこないのために使うと信じ込ませてね。そうすれば、信者たちの身はこれ以上ないほど清らかになって、死を迎え入れることができる、というわけだ」

ルミッキを見つめるイジーの目が暗さを増した。彼は言葉を続けた。

「〈白き兄弟〉は集団自殺を企てた。アダム・スミスも一緒に死ぬはずだったんだ。しかし、事前に通報があったおかげで、警察は信者の大部分を救うことに成功した。彼らは小さなコテージの床に、一酸化炭素中毒による意識不明の状態で倒れていたという。その場にアダム・スミスの姿はなかった。寄付された金も」

ルミッキをとらえていた眠気は一瞬にして吹き飛んだ。

「つまり、〈白き家族〉は、外部の人間に危害を加えようとしているんじゃないってことね」ルミッキはのろのろといった。

イジーがうなずく。

その言葉をあらためて口にする必要は、ふたりにはなかった。しかし、その言葉は身も凍る冷たさでふたりを包み込んでいた。

集団自殺。

6月20日

月曜日

21

ルミッキは時計に目をやった。十一時四十五分。急げば十二時ぴったりに約束の場所に着けそうだ。

イジーと相談した結果、ルミッキはゼレンカに会い、ただちに教団を脱退して一緒に逃げるよう、説得を試みることになった。もうひとつ、集団自殺を実行する日時がすでに決まっているのか、探りを入れるのも重要な目的だ。イジーのほうは、ちょうど同じ時刻に、スーパーエイトの経営トップと〈白き家族〉の件で打ち合わせがあるという。

急ぎ足で通りを歩いていたルミッキは、気づいたときには力の強い手にとらえられて、車に引きずり込まれ、後部座席に体を押しつけられていた。首筋に銃口の冷たいくちづけを感じる。

「抵抗したり声を出したりすれば殺す」

耳元で男のかすれた声がささやいた。

暗殺者とこれほど接近したのは初めてだった。接近したいと思ったためしはなかったが。

男が片手で粘着テープのロールを探っているのが見える。おそらく、テープで口をふさぎ、手首と足首もぐるぐる巻きにして、人けのない場所へ車を走らせ、そこで目的を果たすつも

6月20日 月曜日

りだろう。

どういう目的かは、知りたくもない。ルミッキの中に焼けつく怒りがわき上がってきた。関わり合いになるはずではなかった出来事の真っ只中に、またしても引きずり込まれてしまっている。こっちの都合なんかまるでおかまいなしに。

いまは一秒たりとも無駄にできない。すぐに行動を起こさなくては。不意打ちをかけることで優位に立てるのは、ほんの一瞬のはずだ。

ルミッキは観念したふりをして、わかったというようにうなずいてみせた。しかしその瞬間、稲妻の速さで男の鼻に頭突きを食らわせた。男が思わず手を緩めたのは、痛みよりも驚きのせいだった。男の鼻から血が噴きだして、ルミッキの着ていた白いコットンのタンクトップに飛び散ったのだ。

ルミッキは男の手をすりぬけてドアを開けると、車の外へ飛びだした。夢中で通りを走ったが、あたりに人が増えてきたのに気づいて、カレル橋が近いらしいと見当をつけた。ヴルタヴァ川にかかるカレル橋は、プラハを訪れる旅行者のすべてが、巨大な磁石に引きつけられるように足を運ぶ観光スポットだ。橋の入口が近づくと混雑はますます激しくなった。必死で人混みをかきわけようとするルミッキに目もくれず、観光客はみなその場に立ち尽くし、どこか上のほうをひたすら見つめている。いったいなにを待っているのだろう?

ちらりと上を見て、ルミッキにも事情が飲み込めた。ちょうど時計台のバルコニーにラッパ吹きがあらわれて、十二時を告げる演奏を始めたところだったのだ。

橋の入口に向かう道にはすさまじい数の観光客があふれていた。ルミッキは背後にすばやく目をやった。暗殺者を振り切れただろうか。男の姿は見えない。ルミッキは人混みの中にまぎれようと人の波に分け入っていった。心臓が恐ろしいほど激しく脈打っている。

そのとき背後から物音が聞こえた。振り向いたルミッキの目に、あの男の姿がちらりと映った。距離はあるが、十分に離れているとはいえない。男はルミッキに気づき、行く手をふさいでいた老婦人を何人か突き飛ばして突進してきた。老婦人たちが男の背中にフランス語で罵声《ばせい》を浴びせている。

ルミッキの頭は猛スピードで回転していた。人であふれ返るカレル橋を渡って向こう岸へ逃げるべきか、それとも川のこちら側にとどまるべきか。橋の上はものすごい人で、前に進むのさえ一苦労だろう。しかし追ってくる男にとっても条件は同じだ。それに、橋の上なら、銃で撃ったり力ずくで襲いかかったりすることは、あの男もできないのではないか。人の目があまりに多すぎる。

心は決まった。ちょうど、日本人男性がラッパ吹きの写真を撮ろうとして手に持っていた携帯を高く掲げ、ルミッキは身をかがめてその腕の下をすりぬけた。数秒後になにが起きたか、ルミッキは目でなく耳で察知した。暗殺者の体が日本人男性の手にぶつかり、携帯が吹っ飛んで石畳の路面に叩きつけられたのだ。日本人の口から飛びだした、うろたえたような抗議の声から推測して、彼の携帯は天に召されたらしい。

カレル橋は、両側の欄干に並ぶ三十体の聖人像に守られた橋だ。聖ヤン・ネポムツキー、

6月20日 月曜日

聖ヴィート、聖ルトガルディス、洗礼者聖ヨハネ、聖ヴァーツラフ、聖ジギスムント、聖ユダ・タダイ、アッシジの聖フランチェスコ。ガイドブックで読んだ名前の数々が、石畳を叩く足のリズムとともにルミッキの頭の中を駆けぬけていく。石の橋。カレル橋はもともと、そういう名前だったという。石の橋なんて、ずいぶんと適当な名前をつけられたものだ。

塩気を含んでぴりぴりする汗が目に流れ込んできて、ルミッキは手の甲でそれをぬぐった。前が見えなくては、とてもこの橋の上を走れない。そうでなくても、観光客や物売りや、路上にキャンバスを立てている画家やストリート・ミュージシャンといった人々をよけるのは、至難のわざだ。サンダルのひもがこすれて足に血がにじむ。サンダルはジョギング・シューズではないし、汗でぐしょ濡れになったタンクトップもスポーツウェアとはちがう。摂氏二十八度の暑さもジョギングに最適の気温とはいえなかったが、いまは不平を並べている場合ではなかった。ひたすら走りつづけなくては。逃げ切るために。

暗殺者はしぶとく追ってくる。距離はわずかに数メートル。

ルミッキの逃走劇は観光客の注目を集めはじめた。ストリート・パフォーマンスの一種だと思われているらしい。ルミッキにがんばれと声をかける人もいれば、暗殺者にエールを送っている人もいる。

そこそこの腕前でなにかドラマチックなオペラの曲を奏でていた五重奏のグループが、脇を猛然と駆けぬけたルミッキに気を取られて音程を外した。五重奏の演目がさっと変わり、軽めの曲になったのがルミッキの耳に入った。ビートルズだ。命が惜しけりゃ走るがいいと、少女に呼びかける歌。

ご声援どうも、あたしはいま、まさに命をかけて走ってるとこ。

そう思った瞬間、斜め前にいた大柄なドイツ人女性がふいに横にずれて進路をふさぎ、ルミッキはどしんとぶつかってしまった。

「なんなのよ！《マイン・ゴット》」

女性が声を上げる。

「すみません！《エントシュルディグング》」

ルミッキはドイツ語の語彙《ごい》のストックからその単語を引っ張りだして叫び、さらに走りつづけた。

ありがたいことに、ドイツ人女性は暗殺者の行く手をもふさいでくれた。暗殺者はすみませんの一言もなしに女性をぐいと脇に押しやっている。

ルミッキはスピードを上げようと必死だった。汗が幾筋もの滝となって太ももを流れ落ちていく。橋を進むにつれ、ごった返す人の群れをよけきれなくなってきた。

橋の真ん中でウェディングドレス姿の日本人が写真撮影をしていた。本物の花嫁なのか、花嫁の扮装《ふんそう》をしているだけなのか、よくわからない。石畳に広がったドレスのすそはありえないほど長く、ルミッキはふんづける寸前でなんとか跳び越えた。数秒後、サテン生地の引き裂かれる音が空気をつんざいて、暗殺者はルミッキほどうまくジャンプできなかったらしいとわかった。

6月20日 月曜日

再びルミッキにわずかなアドバンテージがもたらされる。

次にルミッキの行く手を阻んだのは、英語をしゃべるガイドに引率されたアメリカ人の団体だった。ルミッキは立ちはだかる人間の壁を青ざめながら見やったが、一か所だけ、人と人のあいだにわずかな隙間があるのに気づき、体を横にしてどうにかその隙間に飛び込んだ。

「はい、みなさん、こちらに見えますのは……走る少女……じゃなくて、ええっと……」

ガイドがどうやって軌道修正したのか、確かめている時間などルミッキにはなかった。暗殺者はアメリカ人の壁を砕氷船みたいに粉砕しながら走ってくる。ルミッキがリードしていた距離はほとんどゼロになっている。暑さのせいで体力が消耗し、頭がぼんやりしてくる。口の中はずっと前から砂漠みたいにからからだ。生まれてこのかた一滴の水も飲んだことがないような気がする。

足が震えてきた。ルミッキのひじが、ちょうど黒ひげの男の顔を描いていた風刺画家の手に当たった。鼻のラインがちょっぴりワイルドになったが、かえって味のある絵になったかもしれない。橋の上は大混雑で、人の流れがルミッキを欄干の脇へと追いやった。脇腹を欄干にぶつけないよう、聖像の台座にはめ込まれた銘板に手を当てて体を支える。金属製の銘板は何千という人の手で触れられてぴかぴかに磨かれていた。見ると、それは聖ヤン・ネポムツキーの像だった。

殺されて、この橋から遺体を投げ捨てられた、チェコの殉教者。

ガイドブックで読んだ知識がちゃんと頭に残っているのが不思議だった。この聖像の銘板に触れた人は幸運に恵まれ、さらには必ずプラハにもどってくる、といわれていることも、ルミッキは思いだした。

幸運なら、いままさに必要だった。暗殺者の荒い息がすぐ後ろで聞こえているのだから。ただ、生き延びることができたとしても、再びプラハを訪れたいかどうかは、正直いってよくわからなかった。

橋を渡り終えるまで、あと少し。ルミッキの心臓は激しく脈打ち、疲労に耐えかねてギブアップしそうになる全身の筋肉に酸素を送り込もうとしている。内臓がすべて沸騰しているのかと思えるほど、体が熱かった。

突然、何十個ものワイングラスを三段に分けて並べた台が行く手をふさいだ。ルミッキは目を疑った。きゃしゃな老人が、同じくらいきゃしゃなグラスのふちを指でこすって音楽を奏でている。グラスハープの演奏家だ。ルミッキは全身全霊で体のバランスを調整し、カーブを切って、たったひとつのグラスも落とすことなく老人の左脇を走りぬけた。

自分自身もつや消しガラスでできているかのような老人は、感謝のまなざしをルミッキに向けた。

しかし感謝するのは早かった。

ルミッキの背後に暗殺者の重たい足音が響き、老人の悲鳴と、グラスがひとつ割れる音が聞こえて、続いてふたつめのグラスが、さらに三つめ、四つめのグラスがこなごなに砕ける音が響き渡った。並んでいたグラスがドミノ倒しになって、次々とひっくり返っては台から落ちて割れていく。暗殺者がどなり声を上げ、悪態をついた。けがをしたらしく、そのせいで足踏みを余儀なくされているのがはっきりわかる。

ついに橋を渡り終えたルミッキは、二度と自分からこの橋を渡ったりしないと心に誓った。おそらくもう暗殺者は追ってこない。それがわかって、ルミッキの心はたちまち軽くなった。足には力が復活し、熱い空気が肺を焼くこともなくなり、サンダルの靴ずれも感じなくなったし、流れる汗も、かえって涼しくなって気持ちがいいと思えるほどだった。

聖ヴィート大聖堂に続く階段を、二段飛ばしで駆け上がる。逃げおおせたという喜びが、足に翼を生やしてくれた。待ち合わせにはちょっと遅れてしまったが、この場所に生きてたどり着くことができた。それができない可能性だってあったのだ。

「ゴー！　ゴー！　ゴー！」

階段にすわっていた幼い少年たちが、走るルミッキに声援を送ってくれた。

大丈夫とわかってはいたが、それでもルミッキはちらりと振り返った。追っ手の姿はない。

ゼレンカが待ち合わせ場所でちゃんと待っていてくれますように、いまのルミッキが願うことは、ただそれだけだった。

22

鏡の中から、幼い少女がふたり、こちらを見つめてくる。大きい子と、小さい子。姉と妹。ふたりは手をつないでいる。

ルミッキの目の前で、その幻は消えていった。いま鏡の中に見えるのは、ルミッキ自身とゼレンカの姿だ。ふたりは初めて会ったときに入ったのと同じカフェのトイレにいた。万一、暗殺者がここまで追ってきたとしても、女子トイレなら真っ先に踏み込んでくるわけにいかないだろう。むやみに人目を引いてしまうリスクは冒さないはずだ。

ルミッキのタンクトップは見るも恐ろしいありさまだった。白地に散らばる赤。大量殺戮《さつりく》の現場から直行してきたみたいな姿だ。それを見てカフェのスタッフは眉をつり上げたが、ルミッキがあまりに怖い顔をしていたからだろう、コメントは控えておくのがいちばんと判断したようだった。

ゼレンカは首を振っている。その頬を涙が伝い落ちた。

「わたし、行けないわ」ゼレンカがいった。

同じ言葉をさっきからひたすら繰り返している。ルミッキは必死になって、一緒に逃げないと死んでしまうかもしれないことを、わからせようとしているのだが。

「あの家にもどったら、あなたの命が危ないのよ。あのアダムって人は頭がおかしくて、あなたたち全員を殺すつもりなんだから」

叫びだしたい気持ちを抑え、ルミッキは落ち着いた声で話そうと努めた。

「わたしたちは永遠の命を得るの」

それがゼレンカの返事だった。

ルミッキは絶望感に打ちひしがれながら、手のひらで洗面台を叩いた。こんな、なにかを無条件に信じ込むよう洗脳された人を相手に、いったいどうやって話をすればわかってもらえるというのだろう。

「そう信じているんなら、たしかにあなたは永遠の命を得るのかもしれないけど」ルミッキはため息まじりにいった。「だけど、なにも急ぐことはないでしょう。何十年か後でも、十分じゃない。この地上でしっかり生きて、歳を重ねて、幸せに一生を終えればいいはずよ」

「死が訪れる瞬間を自分で決めることはできないわ。わたしは天がお与えになるものを受け入れなければならないの」

ゼレンカの口ぶりは機械がしゃべっているようだった。幾度となく再生を繰り返したテープから流れる、前もって用意されたせりふのように聞こえる。

「そんな必要ない。自分で判断して、決めていいのよ」

「もしも逃げたら、わたしにはもうなにも残らないわ。わたしの手には、なにもなくなる。わたしにはもう、だれもいないことになる」

ルミッキはゼレンカの手を取った。そして、鏡越しに相手の目を見つめた。

「あなたにはあたしがいる。教団の人たちはあなたの血縁なんかじゃない。だけどあたしは、あなたの妹よ。あたしがあなたを助けるから」

ゼレンカは首を振りつづけ、ますますひどく泣きはじめた。

「うそ。そんなのはうそよ」

「うそじゃない。あたしが保証する」

「いいえ、ちがうの。わたし、あなたにうそをついてた。姉妹のことは、わたしの作り話だったの。ただのおとぎ話よ」

ルミッキは思わずゼレンカの手を離した。全身の力がみるみるぬけていく。こんなことは予想していなかった。ゼレンカがうそをついていたことも。それ以上に、うそだとわかったとき、どれほどつらい気持ちにさせられるかということも。過去の秘密を解き明かしてくれるはずのパズルのピースが、たった一言のせりふでいきなり消し去られてしまい、あとに残った空白は、以前よりさらに大きく、ますますうつろになった気がした。ルミッキはいまになって思い知った。ゼレンカの存在が秘密を解き明かしてくれたらいいと、自分がどれほど強く願っていたか。

ルミッキの手から、姉が奪い去られた。

「わたし、あなたのことをこっそり探っていたの」ゼレンカが口を開いた。

「なぜ?」

その言葉はルミッキの口から機械的に滑り出た。頭の中は幕が下りたように薄暗くなっているのに、口はまともな言葉を吐きだすことができるらしい。

「父がスウェーデン語を話す人だったことは、前から知っていたの。それだけは母が話してくれたから。だけど母は、ほかにはなにも教えてくれなかった。父の名前さえも。わたしはね、あなたが観光客のグループにスウェーデン語で話しかけているのを、たまたま見ていたのよ」

たしかにそんなことがあったのを、ルミッキは思いだした。スウェーデン人のシルバー世代のグループが、たどたどしい英語で道をたずねてきたのだ。ルミッキがスウェーデン語で返事をしてあげると、おじいちゃんとおばあちゃんの集団は大喜びして、アイスクリームをごちそうしたいといいだした。しかしルミッキは辞退した。ごちそうになったりして、そのままお年寄りグループのガイド兼地図解読係に任命されてはたまらない。

「あなたの後をつけて、ホステルであなたの名前を教えてもらったの。それから、あなたが携帯で話をしているのも盗み聞きしたわ。電話の向こうの人を、あなたはまずペーテルと呼び、それからパパといっていた」

その電話のことも、ルミッキは覚えていた。パパに電話したら、「ペーテル・アンデションでございます」と、取りすました返事が返ってきたのだ。ルミッキはその声色を正確にまねてパパをからかった。パパがいうには、太陽の光で携帯画面の文字が見えず、だれからの着信かわからなかったから、用心して丁寧に名乗ったのだそうだ。

「だけど、なぜ？」

その言葉は、喉にからまりそうになりながら、ようやくルミッキの口からこぼれ出た。

ここまで完璧にルミッキをだました人は、いままでにひとりもいなかった。ゼレンカの話を信じたい、行方不明になったパズルのピースを見つけだしたい、そう願う気持ちが強すぎたのかもしれない。

「〈白き家族〉の中には、わたしと本当に近しいといえる人がだれもいないからよ。ほかのみんなには、家族の中でも特に親しい相手がいるのに。自分だけの、特別なつながりがあるといえる人が。それにね、わたし、昔から妹がほしいと思っていたの。もしも妹がいたら、こんなに孤独じゃなかっただろうなって、思っていたわ。空想の妹でもかまわなかった。何年もかけて、空想の妹を創り上げてきたのよ。それがだんだん本当のことに思えてきて、しまいには自分でも、妹がいるって信じはじめてしまった。あなたを見たとき、すぐにわかったの。わたしの空想の妹がここにいたって」

ゼレンカの言葉はルミッキの耳に届いていたし、それがどういう意味かも理解していたが、ルミッキの心は凍りついていた。頭に浮かぶのはただ、ゼレンカがいかに自分を裏切ったか、ということだけだった。

ルミッキはなにもいわなかった。ゼレンカも口をつぐんだ。鏡の中の、ふたりの娘。赤の他人同士。

「だから、わたしには本当にだれもいないし、なにもないの、これでわかってくれたでしょう。わたしには、〈白き家族〉と、信仰しかないのよ」

それ以上反論する気力は、ルミッキにはなかった。ゼレンカをなにがなんでも説得しようとは、もう思えなくなっていた。勝手にすればいいと思った。ゼレンカがどうしようと、自分には関係ない。初めから関係なんかなかったのだ。

ゼレンカは、ルミッキの肩にそっと触れると、立ち去っていった。その後ろ姿に目をやることすら、ルミッキはしなかった。

ルミッキは血だらけのタンクトップを着た鏡の中の自分を見つめていた。夢の映像がよみがえってくる。血の涙。「あなたはわたしの妹」。あれもただの空想だったのだろうか。ただの悪い夢、ただのうそにすぎなかったのだろうか。

女は携帯に手を伸ばした。時間を無駄にしてはならない。電話の相手が応答すると、女はいきなり本題に入った。

「あの娘を排除することができていない。最悪の場合、あの娘はなにもかも台無しにしてくれるかもしれないわ。スケジュールを繰り上げなくては。実行の日は、今日にしましょう」

「今日？　しかし、成功するかどうか……」

「成功させなくてはならないわ。すでに舞台装置は準備が整っている。わたしはいつでもスタートボタンを押せる。あなたも自分の役目を果たすよう努力なさい。上層部から直接の指令を受けたといえばいいでしょう。実際、それはうそではないわ」

「うそをつくのが難しいと思ったことなど、私は一度もないがね」

「その意味では、あなたとわたしはちがうわね。わたしは、うそはつきたくない。わたしが語りたいのは、真実の物語。真実こそが、最も人々の心を打つからよ」

「そして私は、きみのために大いなる真実の物語をつくり上げるべく、うそをつくわけだ」

「その労は必ず報われるでしょう」

「この地上ではそうだろうが、あの世に行ってからはどうかな？」

「そんな先のことに興味を持つ人がいるのかしら？」

「わかった。では、今日ということだな。基本的に準備はすべて整っている。あとは、ほんの小さな火花がひとつ散れば……」

「……巨大なかがり火が燃えあがる。十九時ちょうどでは？」

「いいだろう」

女は――ヴェラ・ソヴァコヴァーは、話しながらオーク材のデスクの表面をなでていた。頭の中では、今夜のニュースがこの話題一色になるさまを思い浮かべている。第一報を流すのも、情報量が最も多いのも、彼女自身の手の内にあるテレビ局だ。この話題を最も深く掘り下げるのも、最も徹底的に報道するのも、やはり彼女の局にほかならない。明日になれば新聞にも載る。彼女の支配下にある新聞だ。このあと何週間も、報道は続くだろう。大判の写真、涙、鋭く突っ込んだインタビュー、専門家の分析。人間の想像を超えた悲劇、しかしそこにはかすかな希望の光がある。英雄の物語。

自分の行為が倫理的に許されるかどうかなど、彼女は考えていなかった。もちろん倫理には反するだろう。しかし倫理で新聞や雑誌は売れないし、特に広告主の獲得を考えた場合、そんなものは役に立たないのだ。購読者や視聴者が増えれば増えるほど広告収入も多くなり、入ってくる金が増えれば、さらによいニュースを提供できる。刺激と感動を渇望している大衆に、さらに派手でさらに心を揺さぶるストーリーを提供できるのだ。作り話でなく、真実の物語として。

この業界において、状況に合わせて柔軟に変化する倫理観を持っているのは自分ひとりではないことを、ヴェラ・ソヴァコヴァーは知っていた。金で情報を買い、電話を盗聴し、いうことを聞かなくなった記者は切り捨て、政治家や各界の大物の口から少しでも利用価値のある言葉がこぼれ落ちれば聞き逃さない。マスコミという業界では、そのすべてがおこなわれている。ヴェラ自身がその手でおこなってきたあれこれは、ほかの人間よりは少し多いかもしれない。だが、業界の実態などだれにわかるだろう。ヴェラ・ソヴァコヴァーは、物事の裏にいちいちなんらかの謀略がからんでいるという陰謀説など信じないタイプだった。それでも、重大事件や涙を誘う悲劇の発生するタイミングが、特定のメディア企業の経営状態が悪化している時期としばしば不思議な一致を見せることは、事実なのだ。

すべての偶然は本当に偶然なのか？　それとも、チェス盤の上で駒を動かしている人間が、ほかにもいるのだろうか？

「きみの英雄が勝手なまねをしないという保証はどこにある？」男の声がいった。「あるいは、先走りすぎないという保証は？」

英雄の役を割り振った駒が、ゲームを進める上で最大の弱点になり得ることを、ヴェラは最初から承知していた。だからこそ、この駒の感情や行動を、できるかぎり正確に、かつ巧みに操る必要があったのだ。ヴェラは裏で手をまわして、インタビューに応じる人間を用意してやり、情報を提供してやった。あの男の自宅を荒らして〝できるかぎり惨憺《さんたん》たる状態に〟――実際にそういう表現を使ったのだ――しておくよう、指示を与えたのもヴェラだった。ヴェラは、手の内にある駒のことを一人前の男だなどと思ってはいなかった。首に縄をかけてつないでおける、くちばしの青い若造にすぎない。なにもかも自分の力で達成したと思い込んでいる〝英雄〟。実際には、彼はただヴェラの意図したタイミングで情報を与えられてきただけなのだ。

「彼にはどう動くべきか細かく指示を与えておくわ。あの男は、ジャーナリストとして英雄になりたいという欲望を十分に持っている。こちらの指示どおりに動くはずよ、それは信じてくれてかまわないわ。彼には、警察と救急隊が余裕を持って現場に到着するよう手配してある、といっておきましょう。あの男、スリルを求めているはず。大スクープをものにする主役を演じたがっているのよ。さあ、もう切らなくては。主役がご登場だから」

ヴェラ・ソヴァコヴァーが通話を終えたとき、ドアがノックされて、打ち合わせのために部屋を訪れたイジー・ハシェクが入ってきた。

6月20日 月曜日

23

あたりは真の闇に包まれた。目の前はひたすら暗く、ルミッキはそれが気に入った。この暗さが続けばいいと願った。穏やかな息づかいでこの闇を吸い込みながら、なにも考えずにいたい、まわりにすわっている人たちのことすら考えずにいたい。しかし、ほどなく舞台の照明がついて、観客の前に影絵の森が映しだされた。その森は深く、陰鬱な美しさをたたえていて、迷い込んだら簡単には出られそうにない雰囲気がある。物語が始まるようだ。

ゼレンカがカフェから立ち去った後、ルミッキは席にもどって、しばらくのあいだ身動きもできずにすわっていた。やがて携帯を取りだすと、サイレントモードにセットした。どんな用件であれ、だれにも邪魔されたくなかったのだ。それからふらふらと街へさまよい出た。

ゼレンカはうそをついていた。

ゼレンカとは姉妹なんかじゃなかった。

秘密は解き明かされず、わかったことはなにもない。

ルミッキはただ、少しばかり精神のバランスを崩した女性に目をつけられ、少しばかり常識を外れた妄想に付き合わされただけだった。真実は心を麻痺《まひ》させた。ゼレンカに対して怒りを覚える気力すら、ルミッキにはなかった。悲しみさえも。心が動かず、ぼんやりとうつろになってしまっていた。

もう、どうでもいい。二度とゼレンカに会えなくても、べつにかまわない。教団が自殺で全滅したって、べつにかまわない。どうせ同じことだ。もう、いかなる意味でも自分には関係がない。自分はただ、病んだ心がつくりだした異常なゲームの駒として利用され、混乱させられただけ。

ルミッキの足は夢遊病者のように旧市街へ向かった。ふとした気まぐれでひとつのドアから中に入ると、下りの階段が続いていた。地下には劇場があって、ちょうど影絵劇が始まろうとしていた。

残されたプラハでの時間は、ただの観光客みたいな顔をして、美術館や劇場で過ごすのも悪くない、と思った。そもそも、そういう時間の過ごし方をしたくてここへ来たのだ。ひとりで街を探検し、ひとりでいることを楽しみ、そのときどきの気分に合わせ、やりたいことをひとりで満喫する。本当は、いまのルミッキはただ、頭に浮かぶさまざまな考えをどこかへ追いやりたいだけだった。否応なく巻き込まれてしまった混乱の渦を忘れたいだけ。それは自分でもわかっていた。けれど、せめてしばらくのあいだだけでも、なにかまったく別の、美しいものに触れたかった。

影絵劇のチケットを買うと、ルミッキは客席のいちばん後ろの列を選び、くたびれたベルベットの布で覆われた木のベンチに腰を下ろした。客席は半分ほどしか埋まっておらず、ルミッキの列にはほかにだれもいなかった。よかった、と思った。タンクトップの胸のあたりに血しぶきが乾いてこびりついている、汗くさい少女なんて、並んで劇を楽しみたいと思う人はだれもいないに決まっているのだから。

影絵劇にはせりふがひとつもなかった。音楽と影だけで、観客の前に物語が紡ぎだされていく。

むかしむかし、ふたりのお姫さまがおりました。ふたりはこの世でいちばんの友達同士でした。恐ろしい怪物や獣から逃げるために、ふたりは手をつないで森の中を走りました。

ふたりはお互いを守り、幾度となく助け合いました。かわりばんこに相手の長い髪をくしけずり、かわりばんこにお話を聞かせ合いました。どんな人も、どんなことも、ふたりを引き裂くことはできませんでした。

影の形が変わるだけで、ふたりのお姫さまが笑ったり小川を跳び越えたりするのを、ルミッキは眺めていた。白い背景に映しだされた黒い影にすぎないのに、本当に生きているようだ。ルミッキは頭の中を空っぽにして、影絵劇のおとぎ話の中へ入り込んでいった。ゼレンカも、イジーも、暗殺者も、教団も、プラハそのものも、頭から追いだすことができた。まわりにいる観客のことさえ、すっかり忘れることができた。
そこに存在するのは、ルミッキと影絵だけになった。

そんなある日のことです。お姫さまのひとりが、姿を消してしまったのです。残されたお姫さまは、いなくなったお姫さまを探しまわり、森中を走りまわって、すすり泣き、むせび泣きました。けれどもいなくなったお姫さまは見つかりません。

一年が過ぎ、二年が過ぎて、とうとう七年の月日が流れました。太陽と月が、幾千回となく空を巡りました。

残されたお姫さまは、もう笑うことはありませんでした。ただ、来る日も来る日も森の中にぽつんとすわり、悲しげな歌を歌うばかりです。その歌は、いつかもうひとりのお姫さまと一緒に、声を合わせて楽しく口ずさんだ歌でした。

やがて、残されたお姫さまのもとに、ひとつの知らせがもたらされました。はるかに遠い、七つの山と七つの海を越えたところに塔があって、そこにひとりのお姫さまが閉じ込められているというのです。恐ろしい竜が塔を見張っていて、だれもお姫さまを救いだすことができないでいるのでした。

これを聞いて、残されたお姫さまは、七つの山と七つの海を越える旅に出ました。塔にとらわれているのが、ずっと前に姿を消してしまった友達なのか、確かめるために。

とうとうお姫さまは塔の下までやってきました。塔の屋根の上には一匹の竜がいて、

6月20日 月曜日

口から白熱の炎を吐きだしています。その炎に焼かれて、塔のまわりの土地は見渡すかぎり真っ黒になっていました。

お姫さまは、竜が眠ってしまうまで、辛抱強く待ちつづけることにしました。待ちつづけるうちに、空は暗くなり、星が輝きはじめました。お姫さまは一生懸命に目を開けていようとしましたが、竜より先に眠りに落ちてしまいました。

だれかの歌う声が聞こえてきて、お姫さまは目を覚ましました。その歌は、この七年間というもの、お姫さまがひとりで歌いつづけてきたあの歌でした。塔を見上げると、窓辺にもうひとりのお姫さまが、なつかしい友達が、いるではありませんか。

ふたりのお姫さまはお互いの姿に気づき、同時に喜びの声を上げました。

旅をしてきたお姫さまは、塔にとらわれているお姫さまに、助けにいくわ、と呼びかけました。すると塔の上のお姫さまは、やめたほうがいいわ、と答えました。いつ竜がもどってくるかわからず、助けにきたお姫さまはその炎で焼かれてしまう、というのです。

それでも旅をしてきたお姫さまはいいました。いつだって、ふたりで助け合うと約束したじゃない。そして、塔の壁をよじ登りはじめました。

ついに塔の上の部屋までやってくると、旅をしてきたお姫さまは閉じ込められていたお姫さまとしっかり抱き合い、ふたりはにっこり微笑みました。

そのときです。塔の上のお姫さまの目つきがみるみる変わりはじめました。お姫さまの目も、お姫さまの手も、様子が変わってしまい、髪はうろこになって、ドレスのすそからは長いしっぽがのぞき、髪を留めていた絹のリボンは翼に姿を変えました。そうして、旅をしてきたお姫さまの目の前に、一匹の竜があらわれたのです。

けれども、お姫さまは怖くなんかありませんでした。竜の額にそっと触れ、語りかけます。――あなたの中に、わたしのお友達がいるのね。それとも、あなたは身の内に竜を秘めた姫君なのかしら。

すると、竜がお姫さまを見つめ返してきました。お姫さまのいったことを、ちゃんとわかってくれたのです。竜の目から、大粒の黒い涙がぽろぽろとこぼれ落ちました。涙は塔の壁を伝って流れ落ち、焼け焦げた大地をうるおして、大地の力をよみがえらせました。

竜のお姫さまは、人間に受け入れてもらうことができないといって、泣きました。なぜなら、お姫さまは竜だから。それなのに、竜の仲間に受け入れてもらうこともできないというのです。なぜなら、お姫さまは人間だから。

これを聞くと、旅をしてきたお姫さまは竜の首に腕をまわして、誓いました。これから先、どんなことが起きたとしても、ふたりはいつも一緒だと。

一緒でなくては、ふたりとも生きていけません。ほかの人などいなくてもいいのです。お姫さまと竜が一緒に暮らせる国を、ふたりで探しだせるかもしれません。お姫さまと竜と、ふたつの心をひとつの体に持つ人も、安心して暮らせる国がどこかにあるかもしれません。
やがて、竜はお姫さまを背に乗せて、満月の輝く空を飛び去っていきました。

6月20日 月曜日

自分の頬が濡れているのに気づいて、ルミッキはわれに返った。不思議な気持ちで頬をぬぐう。泣いていたのだろうか？　どうも、そうらしい。前回泣いたのはいつだったか、思いだせなかった。本気で泣く能力など、失ってしまったと思っていた。

影絵劇の物語はルミッキの心をすっかりさらってしまい、自分自身の存在も、理性的な考えも、しばらくのあいだどこかへ消えたままになった。代わりに、潜在意識の底から感情が浮かび上がってきた。影絵劇の物語はさまざまなイメージを心の中に呼び覚ました。

ルミッキとリエッキ。

ルミッキとゼレンカ。

ルミッキと、幼いころ一緒に遊んだ、だれかほかの少女。その少女とふたりで、おとぎ話に出てくる〈しらゆき〉と〈べにばら〉という娘たちになりきって遊んだ記憶。

それがどんなおとぎ話だったか、どんなふうに遊んだか、ルミッキは突然はっきりと思いだした。魔法で熊に姿を変えられた王子が、ふたりの娘、〈しらゆき〉と〈べにばら〉を助けてくれるお話だった。お話の細かいところはよくわからなかったが、それでもルミッキはその遊びが大好きだった。一緒に遊んでいた少女はルミッキより少し年上で、遊んでいるあいだずっと、お話を語って聞かせてくれた。お話の中の〈しらゆき〉と〈べにばら〉はいつも一緒で、お互いに助け合っている。影絵劇のお姫さまたちと同じように。

ゼレンカはルミッキを助けてくれた。ゼレンカのうそにどれほど憤りを覚えても、ゼレンカに命を救ってもらった事実は変わらない。ゼレンカは、危険を覚悟でルミッキに救いの手を差し伸べてくれた。ルミッキが本当は妹ではないことも、助けたりすればどんな目に遭わされるかわからないことも承知の上で、ゼレンカはルミッキを逃がしてくれたのだ。

いつのまにか、客席にいるのはルミッキひとりになっていて、出入口にあらわれたチケット係が、なにかいいたそうに咳払《せきばら》いしはじめた。ルミッキは席を立った。少しめまいを覚えたが、きつく歯を食いしばるとその感覚も収まり、そのままきっぱりとした足取りでドアに向かった。

だれかに借りのある状態が、ルミッキは大嫌いだった。いま彼女は、ゼレンカに途方もなく大きな借りがあるのを感じていた。


外に出ると、夕日の光が斜めに差してきてルミッキの目に入り、暑さが四方からわっと押し寄せてきた。携帯を取りだして画面をチェックする。イジーからの着信記録が五回。最後の着信は十分前だ。留守電にメッセージも入れてくれたらしい。かけ直してみたが応答はなく、ルミッキは留守電を再生した。

イジーの声が、取材のためにこれから〈白き家族〉の家へ向かうこと、集団自殺は今夜実行されるという情報が入ったことを告げている。警察と救急隊も現場に駆けつけてくれるらしい。

ルミッキは立ち止まって考えたりしなかった。すかさず走りだす。スーパーエイトのオフィスへ急げば、まだイジーがいるかもしれず、一緒に現場へ行けるかもしれない。

ルミッキが息を切らしてスーパーエイトのビルに駆け込んだとき、時刻は六時十五分になっていた。受付の女性は目に哀れみの色を浮かべ、ルミッキを頭のてっぺんから爪先までじろじろと眺めまわした。

「ハードな一日だったようね？」

「これから、さらにハードになるかも。イジーはまだいますか？」

「いいえ、さっき出ていったところよ。どこへ行くかは聞かなかったけれど……」

そのときエレベーターの扉が開いて、四十歳くらいの女性がひとり降りてきた。ルミッキに気づくなり、女性はぎょっとした顔になった。まるで、ルミッキがだれだか知っているような反応だ。ルミッキにとっては見覚えのない相手なのに。女性のまなざしには、なにか背筋を凍らせるようなものがあって、ルミッキはうなじの毛が逆立つのを覚えた。女性は足を速め、携帯を耳に当てると、もう一度ルミッキに刺すような視線を向けてから、ビルの外へ出ていった。

「いまの人は？」

ルミッキが聞くと、受付の女性は目を丸くした。

「知らないの？　ヴェラ・ソヴァコヴァー、スーパーエイトの最高経営責任者よ」

ルミッキはありがとうという代わりに手を振って、ビルから飛びだした。〈白き家族〉の家へ急がなくては。悲劇が現実になる前に。

24

最初にイジーの意識をとらえたのは、鼻を刺す不快なにおい、息苦しいほど強いにおいだった。なんのにおいか、すぐにはわからなかったが、突然、十年前の夏にキャンプしたときの記憶が呼び覚まされた。毎晩たき火のそばにすわって過ごした夏。その年の夏は雨が多く、たきぎが湿っていて、マッチと新聞紙だけで火をつけるのは難しかった。それで着火用の液体燃料を何リットルも消費することになったのだ。

いまイジーがいる場所でも、やはり液体燃料が使われている。あの夏より、もっと大量に。数百リットルとはいかなくても、数十リットルはまちがいない。床にはいちめんに布切れが散らばっていて、注意していないと足を取られそうだ。布切れはどれも、液体燃料をたっぷり含んでいる。

人の姿はない。なんの物音もしない。

イジーの目に、これは不吉な予兆と映った。恐ろしく不吉な予感がする。信者たちがそろってこの家から出ていってしまったとか、あるいは彼らが集団自殺の計画を放棄した、といった可能性は、一度たりともイジーの心に浮かばなかった。これほどの時間と労力、さらにはこれほど大量の液体燃料を、ただ古ぼけた家を燃やすためだけに使う人間がいるとは思えない。信者たちはまちがいなく、家の中のひとところに集まっているはずだ。どこか、家の奥深くに。

一階は無人のようだった。部屋と部屋を隔てるドアはすべて開け放たれている。液体燃料をたっぷり吸った布が床に点々と散らばり、わずかばかりの家具の上からも垂れ下がっている。ひとたび火がつけば、この家は一瞬にしてすさまじい炎に包まれるだろう。まさにそれこそが彼らの目的なのだと、考えるまでもなくイジーにはわかった。

ビデオカメラを構え、両手をできるだけ水平に保ちつつ一階の全景を撮影してから、イジーは階段をのぼっていった。二階と三階もやはり死んだように静まり返っている。遅すぎたのでなければいいがと、イジーは心が痛くなるほど強く願っていた。

ゼレンカは母親のことを考えていた。

母さんの手。髪をなでたり編んだりしてくれた、やわらかくて、力強い手。意志の強さを感じさせて、けれど暴力はけっしてふるわなかった手。母さんの手は、なんでもできて、しかも上手だった。クロワッサンを焼くときは三日月のカーブを完璧に整えたし、排水溝が詰まったときも、ドアの蝶番《ちょうつがい》が壊れたときも、すぐに直してくれた。

母さんの髪。母さんがおやすみのキスをしようと身をかがめてくると、髪が顔に触れてくすぐったかった。大きくなって、もうおやすみのキスなんかする歳じゃないといっても、母さんはやっぱりキスしたがったっけ。

ゼレンカは、十代になった自分が母親に反抗し、毛布をかぶって顔を隠したことを思いだしていた。それでも母親はあきらめず、毛布の上からキスしてきたが、その感触はキスというより、なにかやわらかいものを押しつけられたような感じだった。そのうちにゼレンカはまた、自分から頬や額や頭のてっぺんを母親に向けて、キスしてもらうようになった。心の中では、キスなんかしないでという言葉を真に受けずにいてくれた母親に、こっそり感謝していた。

母親のことなど考えてはいけないと、ゼレンカにはわかっていた。母親でなく、イエス・キリストのことを考えなくてはならない。もうすぐ赴く天国のことを考えなくてはならない。神と直接の結びつきを持つ家族が、ついにひとつになれる家のことを。

母さんはもう家族の一員じゃない。母さんは家族を裏切ったのだから。

朦朧《もうろう》とする意識の中で、ゼレンカは睡眠薬の効果がいよいよ強くあらわれはじめたのを感じていた。自分はもうじき、意識と無意識の境界線を超えて、向こう側の世界へ滑り落ちていくだろうと思った。白いワンピースから立ちのぼる、むせるような液体燃料のにおいも、もう気にならなかった。まわりに横たわっているみんなが、まわらない口でつぶやいている祈りの言葉も、耳に入らなかった。ほどなく彼らも静かになり、眠りに落ちていった。ゼレンカは祈らなかった。祈る必要などない。信仰さえあれば、暗黒の恐怖を跳び越える力を与えられるはずだと信じていたのだ。ただ、炎が肌を焼きはじめるときには、それに気づかないくらい深い眠りに落ちていますようにと、彼女はそれだけを願っていた。痛みと苦しみが、はるか彼方から、幾重にも折り重なった眠りの層を突きぬけてこようとしても、それを感じませんようにと願った。

母さん。

ゼレンカの思いは、どうしても母親のところへもどっていった。死を迎えた後で再び母親に会えると考えたとしても、それほどいけないことではないかもしれない、と思った。慈悲と許しを信じる気持ちが、ゼレンカは家族のほかの人々より強かった。母親が過ちを犯したからといって、見捨ててしまうような神はいやだと思う。ゼレンカの信じる神は、そんなことをしないはずだった。家族のみんなはゼレンカの考えを知らない。みんなにとっての神は、いかめしく、無慈悲で、厳格で、御元《みもと》に近づくことを許されるのは、ほんの少人数の、選ばれた特別な人間だけなのだ。

死の中の命。

家族のみんなはそういった。死の中にこそ、新しい、真実の命があるのだと。

ゼレンカの足はすでに感覚を失っていた。手の感覚もない。体はもう眠っていたが、意識はまだ、眠りに落ちる手前の境界線上をさまよっている。

生きている命。

死すべき定めの人の子としては、自分の命はここで終わるのかと、ゼレンカは思った。これ以上、なにもないのだろうか。外国へ旅したことすら、まだ一度もないのに。だれかとキスを交わしたこともないのに。友達とおしゃべりして夜を明かしたこともない。叫んだり泣きわめいたりせずにいられないほど、激しい怒りを感じたこともない。お酒に酔ったことも。見知らぬ街をさまよい歩いたことも。息ができないほど大笑いしたことも。

やがて眠りがゼレンカをとらえ、彼方へと連れ去ったが、彼女の意識はそのときもまだ、パニックにとりつかれながらもひとつの思いを強く握りしめていた。

まだ死にたくない。生きていたい。

生きていたい。

生きて……。

ルミッキは高くそびえる鉄の柵を乗り越えようとしていた。足は疲れきって激しく震え、手は汗まみれで、黒々とした鉄の棒にしがみついているのは骨が折れた。しかし泣き言をいっているひまはない。一刻も早く、家の中へ入らなくてはならないのだ。

ずらりと並んだ鉄の棒のてっぺんは、槍《やり》のように鋭くとがっている。ルミッキはできるだけ手を上に伸ばし、とがった部分を可能なかぎりしっかり握ると、反動をつけて跳び上がり、体を横にしてひらりと柵を越えようとした。しかし、肝心なところで汗にまみれた片手が滑ってしまい、片足の太ももが鉄の槍に切り裂かれて、傷口にはみるみる血がにじみだした。バランスも崩したルミッキは、足で着地するはずだったのに、脇腹から庭の地面に落ちてしまった。それでもぎりぎりのところで脇を締め、あごを胸につけて受け身を取ることができた。

ルミッキの体は地面を転がり、それが止まってからも、息ができるようになるまでしばらくは身動きができなかった。脇腹は痛むし、太ももの傷もずきずきする。しかし大きな問題はなさそうだ。骨折もしていないし、ひどいあざもできていない。はるかにひどい目に遭ったことだって、過去にはある。こんなのとは比べものにならないような傷を負わされて、足を引きずりながら家に帰り、それでもパパとママの前ではなにもなかったふりをしたことが。

やがてルミッキは立ち上がった。足に力が入らず、少しめまいもしたが、歩きだすことはできた。体調を悪化させている最大の要因は脱水症状のようだ。全身がからからに干からびて、これ以上どんなにしぼっても一滴の水も出てこないだろうと思っていたのに、汗はとめどなく流れつづけている。

〈白き家族〉の家の庭にはだれもいなかった。間に合ったのかもしれない。自分の推理が当たっているか、ルミッキに確信はなかった。しかし、ヴェラ・ソヴァコヴァーの姿を見て以来、ある強い感覚がルミッキをとらえていたのだ――あの女性は、ほかのだれよりも集団自殺についてよく知っているのではないか。ことによると、集団自殺の計画になんらかの形で関わりを持っているのではないか。

考えてみればわかる。教団の集団自殺があったとして、その恩恵を受けるのはだれなのか。もちろん、ひとりはアダム・スミス、別名アダム・ハヴェルだ。彼はおそらく、これ以上金銭をしぼり取れなくなった教団を邪魔なお荷物として切り捨て、逃げるつもりだろう。そして、マスコミも恩恵を受ける。彼らは悲劇のストーリーを詳細に報道し、そのうまみをしゃぶりつくすだろう。マスコミの中でも、自社の将来有望なジャーナリストに教団の取材をさせていたのが、スーパーエイトだ。そのジャーナリスト、つまりイジーを、単身で危険な取材に送り込んだのは彼の上司だという。そして、集団自殺がいつ実行されるかという情報が、驚くほど絶妙なタイミングで、ほかならぬスーパーエイトにもたらされた……。

家の勝手口に駆け寄ったルミッキは、ドアがこじ開けられているのに気づいた。ドアのまわりに、なじみのあるにおいが残っている。イジーのアフターシェーブローションだ。つまり、彼はすでに家の中にいるが、ここに来たのはついさっき、ということだ。そう考えると、ルミッキの中にさらなる自信と力がわき上がってきた。イジーと協力して、うまくやれるかもしれない。ただし……。

その言葉はルミッキの心に鋭く刺さった。言葉はひとつの文章になり、ひとつの考えになった。

ただし、イジーが計略に加担している場合は、別だ。

そうであっても、おかしくない。むしろ、そう考えれば納得がいく。現場へ送り込んで取材させるのに、事情をまったく知らない人間を選ぶなど、まともに考えたらありえないのではないか。

もしもそうだとしたら、ルミッキにはもう、これから入ろうとする家の中で真に警戒すべき相手がだれなのか、わからないことになる。

しかし考えている時間はなかった。状況を分析している時間もない。勝手口から家の中へ足を踏み入れたルミッキを迎えたのは、液体燃料のむせるようなにおいだった。

25

ヴェラ・ソヴァコヴァーは、幾度か深く息を吸い、いまだけのひとときを楽しんでいた。ついに始まる。長い時間をかけて辛抱強く準備してきた、マスコミ全体を震撼させる一大スペクタクルが。

アダム・ハヴェルが初めて接触してきたのは、もう何年も前のことだった。あの男は、〈白き家族〉を独占取材しないかと持ちかけてきたのだ。もちろんヴェラから相応の見返りを受けとるという条件で。しかしヴェラは、アダムの提案だけでは物足りないと感じた。そこでふたりは、大衆の心をわしづかみにし、人の情に訴える大きな悲劇の筋書きを、共謀して組み立てたのだった。

今夜、プラハ中のカフェや酒場で人々が次々と言葉を失っていくさまを、ヴェラは想像した。おしゃべりを続けようとする者がいても、静かにしろとだれかが制する。家の中でも、人々はみな驚いてテレビを見つめている。気楽なクイズ番組が突然中断され、生中継のニュースが始まったからだ。あちこちで携帯が鳴り響く。「早くテレビをつけてみて、なんだかすごい事件があったみたい」

テレビの映像は、その隅におなじみのスーパーエイトのロゴが入っている。いきなり、ハンディカメラで撮影した、古ぼけた木造家屋の大写しが画面を占領する。そこに落ち着いた女性の声が重なる。人々は驚きつつも、気がつく。テレビから聞こえてくるのは、スーパーエイトの最高経営責任者を長年務めてきた、ヴェラ・ソヴァコヴァーの声だと。その声は、危険な宗教集団〈白き家族〉の信者らが暮らす家に、イジー・ハシェクという名の記者が潜入した、と告げている。〈白き家族〉は今夜、集団自殺を企てており、その現場にいち早く駆けつけたイジー・ハシェク記者は、死の危険をも顧みず、信者らを救おうと家の中へ勇敢に飛び込んでいった――それがヴェラの語るストーリーだ。

人々がテレビの画面に釘づけになる様子を想像すると、ヴェラは背筋がぞくぞくした。真実のドラマを見ているのだと、人々は気づくだろう。それがハッピーエンドを迎えるか、悲劇的な結末に終わるかは別として。

マッチ一本でも、おそらく十分だろう。しかし、アダム・ハヴェルはそんな不確実な方法を選ばなかった。ずっしりとした火炎瓶を手に載せて、重さを確かめるように上下させ、それから窓に向かって投げつける。窓ガラスが割れて、破片が飛び散っていく。ほどなく火の手が上がった。

愚かなやつらだ、とアダムは思った。信者たちは彼の言葉をすっかり信じている。全員が深い眠りに落ちていることを確認してから、家に火を放って、自分は銃で自殺する、アダムはそう約束していたのだ。約束のうち最初のひとつだけは、きちんと果たしてやることにした。まちがいなく深い眠りの底にいる信者たちの姿を、彼は見やった。それからドアに鍵をかけて家の外へ出た。なにも知らない記者が勝手口をこじ開けるのを確認するまで、彼は待った。

できることなら、古ぼけた醜いこの家が松明《たいまつ》のように燃え上がるさまを、見届けたいところだった。人々の愚かさも、だまされやすさも、炎はむさぼり食らうだろう。今回は、急ごしらえだったネブラスカのときよりうまくやれたと思い、アダムはある種の満足感を覚えていた。今回は時間をかけて信者の集団を育て、完全な信頼を勝ち得るところまでいけた。清めの火が彼らの魂を導き、正しい信仰を持つ者しか入れない天国まで連れていってくれる、などという絵空事を語っても、信者たちは従順に耳を傾けた。

自分が周囲の人間に対して持っている影響力の強さに、アダムは満足していた。時折、いっそこのまま続けたらどうかと空想して、楽しんだりもした。信仰についても、家族の血のつながりについても、自信たっぷりに語りつづけてきた結果、自分でもその話を信じそうになることさえあった。だが、羊の群れを率いる牧者の役は負担になりはじめていたし、それにアダム自身、もう若くなかった。ヴェラ・ソヴァコヴァーとの取引によってこの状態から抜けだし、富と自由を手に入れたいと、いまのアダムは考えていた。

自ら放った火が燃え上がるさまを眺めつづけているひまは、アダムにはなかった。飛行機の出発時刻がせまっている。彼は、ヴェラ・ソヴァコヴァーから支払われた金を持ち、新たな名前と新たなパスポートに守られて、遠い場所へ逃げるつもりだった。一度、テーブルの上を片づけてまっさらな状態にもどし、また初めからやり直せばいい。雪のように白く、まっさらな状態から。

アダム・ハヴェルは家に背を向けると、巨大な鉄の門扉に鍵をかけてその場を離れた。門扉に鍵がかかっていれば、警察と救急隊の足を、短い時間にせよ止められるだろう。その短い時間が、おそらくは致命的な結果につながるだろう。

ガラスの破片が降り注いできたのを、ルミッキはとっさに身をかがめてやりすごした。次の瞬間、あちこちに置かれた布切れがいっせいに燃え上がり、その熱が腕を焦がしそうになった。ルミッキは階段へと走った。二階に駆け上がると、向こうからカメラを構えたイジーがあらわれた。

「なにをしてるわけ?」

ルミッキはどなり、レンズを手でふさいだ。

イジーはカメラを引き寄せた。

「撮影してるんだよ」

ルミッキはごくりとつばを飲んだ。全身の筋肉が緊張している。

「あなたも計略に加担しているの？」

「なんの話だ？」

　イジーの声の調子も、その目つきも、本気でなんのことだかわかっていない人のものだと、ルミッキには感じられた。もっとも、他人のうそを見破る自分の能力が思っていたほど高くないことは、今回の地獄行きみたいな旅行のあいだに思い知らされている。

　とにかくいまは駆け引きなどしている場合ではない。すべてのカードを、いっぺんにテーブルに並べなくては。

「ヴェラから受けた指示によれば……」イジーが説明しかける。

「ヴェラ・ソヴァコヴァーは、おそらくこの計略の一部を陰で支えているんだと思う。ヴェラって人は、ずっと以前からこうなることを知っていたのよ。あたしのところに暗殺者を送り込んできたのも、彼女にちがいないわ。集団自殺そのものが、彼女の構想によるものだって可能性すらある」

　ルミッキは低い声で早口にいった。一階から熱気が吹き上がってきて、どす黒い煙と炎が音を立ててせまってくる。ふたりとも咳《せ》き込《こ》みはじめた。イジーがルミッキの言葉を頭の中で反芻《はんすう》しているのがわかる。ここに至るまでのあらゆる出来事、あらゆる情報と状況を、ひとつずつ思い返しているのだろう。やがてその目が大きく見開かれた。イジーもまた、ルミッキの言葉が正しいのではないかという結論に達したのだ。彼はカメラのスイッチをオフにして、いった。

「二階と三階にはだれもいないし、一階も空っぽだ。みんな地下にいるにちがいない」

ルミッキは階段に駆け寄った。

「待てよ！　ここは危険だ。きみはもう、外に出たほうがいい。じきに救急隊が到着するはずだ。通報してあるんだよ」イジーが叫ぶ。「ヴェラの話では……」

イジーの言葉は途中で消えた。それがどういう意味だか、口に出す前に悟ったのだ。

「救急隊はなにも知らされてないわ」ルミッキは答えた。「ここへ来る前に、念のためにと思って救急本部に寄ってきたの。この場所で集団自殺があるなんて、聞いている人はひとりもいなかった。あたしは情報を伝えたけど、本気にしてくれたかわからない。頭がおかしいと思われたかも。だけど、わかってもらえるまで説明しているひまはなかった。いまごろ火事の通報が入っているかもしれないけどね」

「ぼくが通報しよう」

そういって、イジーは携帯を取りだしかけた。

炎が壁をなめながら二階へせまってくる。炎は貪欲で、液体燃料を吸った布だけでは物足りなくなったのだ。木材をむさぼり食いながら前進してくる。室内の気温はすでに耐えがたいほど上昇している。炎はその輝く牙を階段の最上段に突き立て、木材がついに屈服しはじめた。

「もう時間がない！」

ルミッキは叫んだ。

6月20日 月曜日

ふたりで階段を駆け下りる。

イジーは手にしていたカメラを投げ捨てた。余計なものはすべて捨てなくてはならない。

「ついてきて！」

ルミッキはどなり、いまだ火の海に覆われていない場所を選びながら、炎をかいくぐって走った。

背後で布の引き裂かれる音が響いた。見ると、イジーがシャツを裂いている。細長い布切れが二本できて、そのうちの一本を、彼はルミッキに差しだしてきた。

「これで口をふさぐといい」

やがてふたりは地下へ続く階段の入口にたどり着いた。この状況で逃げ場のない地下へ向かうなど、まともな人間のやることではない。この家は木造で、いまやごうごうと音を立てて燃え上がり、背後ではなにか巨大なものが崩れ落ちるすさまじい音が響いている。二階へ続く階段が燃え尽きて落ちたにちがいない。しかしもはや、まともかどうか考えている場合ではなかった。ふたりは地下への階段をだっと駆け下りた。

物置部屋。食料庫。そして、ドアに鍵のかけられた部屋がひとつある。イジーとルミッキは顔を見合わせ、うなずき合うと、タイミングを合わせてドアを強く蹴った。その力に、木製のドアはわずかにたわんだものの、それだけだった。もう一度キックを入れる。ドアはうめいたが、依然として無傷のままそこに立ちふさがっている。

室温は恐ろしいほどのスピードでぐんぐん上昇していく。燃えさかる炉の中。火の海。地獄だ。

ルミッキの目からは涙が流れていた。ヴェールをかけられたようにかすんだその目に、イジーが身をかがめたまま物置部屋へ走っていくのが見えた。永遠に感じられた一瞬ののち、イジーはどっしりしたチェーンソーを抱えてもどってきた。

しかし、イジーが始動用のスターターロープを何度引っ張っても、チェーンソーは沈黙したままだった。その手つきや姿勢から、彼はこれまで一度もチェーンソーを始動させたことがないらしいと、ルミッキにはわかった。ルミッキ自身は何度も使ったことがある。フィンランド南西部のオーランド諸島にある親戚のコテージで、パパやママと過ごしたいくつもの夏に。

ルミッキはつかつかとイジーに歩み寄ると、少々つっけんどんに彼を押しやり、チェーンソーの前から退場させた。礼儀正しくふるまうべきタイミングやシチュエーションはたしかにあるが、いまはそのどちらでもない。

最近このチェーンソーを使った人がだれかいますようにと、ルミッキは祈った。最後に使用されてから時間が経っていなければ、わりと楽に始動させられるのだ。床に置かれたチェーンソーの後部ハンドルに片足をかけて押さえ、左手で前部ハンドルをしっかり握る。それから右手でスターターロープを取り、二、三度軽く引いてから、強く一気に引っ張った。

なにも起こらない。

頼むから始動して。始動してってば。

6月20日 月曜日

もう一度試した。スターターロープを三度、短く引っ張る。これでシリンダーに燃料が送り込まれるはずだ。それから、しっかりと、一気に引く。

うなり声とともにチェーンソーが目覚めた。

チェーンソーは重かったが、ルミッキはなんとか持ち上げて、しっかり構えた。木製のドアに刃が食い込みはじめ、チェーンソーの本体を保持しようとする腕の筋肉がぶるぶる震える。小さな木片やおがくずが飛び散るのを、顔をそむけてやりすごす。ものすごい騒音が耳をつんざく。力が尽きる前に、ドアに深く長い切り込みを入れることができた。

「どいてくれ！」背後でイジーがどなった。

ルミッキが脇にどくと、イジーは二、三歩助走をつけてから切り込みの部分を蹴りつけた。ドアは真ん中からふたつに割れた。

中に入ると床の上に人々が横たわっていた、ルミッキがすばやく数えたところでは、十七人いる。死んでいるように見えたが、いちばん手前にいた年配の女性の首に触れてみると、脈が感じられた。

「睡眠薬を飲まされてるのよ！」大声で叫ぶ。

炎が燃え、木材がはぜる音はすさまじく、互いの声がよく聞きとれない。

「アダム・ハヴェルはここにはいない！」イジーが叫び返してきた。

「かまわないわ。ゼレンカを助けたいの、手を貸して！」

横たわる人々の中にゼレンカの姿があった。ルミッキはその体を抱き起こし、立たせようとした。しかしゼレンカの体は重く、ぐにゃりとくずおれてしまう。イジーが手を貸してくれ、ふたりで力を合わせて持ち上げたゼレンカの体を、イジーが腕に抱き取った。重さを分かち合おうと、ルミッキはゼレンカの片腕を自分の肩にまわした。

狭い階段を、ゆっくりと慎重にのぼる。刺すような煙の刺激が、目にも鼻にも肺にも襲いかかってくる。灼熱の空気が全身を叩きのめそうとする。

一階は見渡すかぎり火の海だった。それでも勝手口まではたどり着けそうだ。ルミッキはゼレンカの腕を肩から外すと、イジーの背中を叩き、燃えさかる炎の轟音《ごうおん》をものともせずにどなった。

「走って!」

イジーが走りだす。すぐ後ろをルミッキもついていく。いきなり頭上から火のついた板が落ちてきた。ルミッキは危ういところで後ろに跳びすさった。ゼレンカを腕に抱いたイジーが勝手口にたどり着き、外へ走り出ていくのが見える。

炎はルミッキを包囲して、叫び、歌っていた。炎の舌がタンクトップをなめるのを感じ、ルミッキは背中が火に包まれたと思った。

その瞬間、ルミッキははじかれたように走りだし、炎の中を走って、走って、走って、勝手口から飛びだすと、芝生に身を投げ、背中が焼かれる感覚が消えるまで、幾度も幾度も幾度も転げまわった。芝生の上にイジーが突っ伏していて、激しく咳き込んでいるのが見えた。ゼレンカの姿も見える。草の上で、深く安らかな眠りに落ちているかのようだった。

6月20日 月曜日

炎の柱が空の高みにまで達している。

火の燃え上がるすさまじい音にまじって、消防車のサイレンの音が遠くから聞こえてきた。

6月23日

木曜日

エピローグ

人を理解するのって　やっかいなこと
シンプルなことなのに　うまくやるのは難しくて
やっかいだけど、だからこそ燃え上がったの

真っ白なコットンのかたまり、泡立てクリームの山、そして背景の深い青を、ルミッキは飛行機の窓から眺めていた。イヤフォンからは、大きな輝かしい世界のことを歌う、シャーリー・マンソンの歌声が流れている。シャーリーがヴォーカルを務めるアメリカのロックバンド、ガービッジのナンバーにしては珍しく明るい曲だが、いまはそれがルミッキの気分に合っていた。

窓の外を眺めながら、ルミッキは頭を休ませていた。休息。いま、なによりもほしいのはそれだった。自分の部屋に閉じこもって、一週間眠りつづけたい。しかし、そういうわけにはいかないだろう。フィンランドに帰れば親戚とともに過ごす夏至祭が待っている。親戚の前でプラハ旅行の感想をいわなければならない。

なかなかすてきだったわ。

いかにも中央ヨーロッパって雰囲気でね。

文化的な見どころがいっぱいあって。影絵劇も見たし。

のんびりしてきたの。

それから、街にあるいくつもの丘や、公園や、たくさんの橋のことも、話してもいいかもしれない。昼間の焼けつく暑さが夜になるとやわらいで、肌を優しくなでることや、旧市街の細い道や、たくさんの彫像や、カフェのことも。

よい印象が残っていること、話すのが簡単なことは、話してもいい。もしも、いつかまたプラハに行きたいか、と聞かれたら、正直に答えればいい。いつでもまた行きたいと思う、と。ただ、あの街に友達と呼べる人がふたりいることは、話さずにおくだろう。

旅の最後の数日を、ルミッキはイジーとゼレンカとともに過ごした。〈白き家族〉の集団自殺に関わる企てに幕が引かれたことで、ヴェラ・ソヴァコヴァーは暗殺者に対し、これ以上ルミッキを狙う必要はないと指示を出したようだった。ルミッキはもはや、ヴェラにとって脅威ではなくなっていた。なんの意味もない存在になった。ルミッキにとってはこの上なくありがたいことだった。

そうはいっても、親戚連中の質問はやはりあの火災と救出劇のことに集中するだろうと、ルミッキにもわかっている。宗教団体の集団自殺の現場に偶然足を踏み入れ、信者たちの救出に一役買った〈奇跡の少女〉に、プラハの地元メディアはこぞって取材を申し込んできた。取材されても、ルミッキは必要最小限のことしか口にせず、記者たちの注意をイジーのほうへ向けようとしたのだが、取材陣はとにかくルミッキの話を聞きたがった。記者たちにとってルミッキは、人々の共感を得やすく、強さと繊細さを兼ね備えた、大衆に愛されるヒロインそのものだったのだ。ルミッキのことは、顔はすすだらけ、服はぼろぼろという写真とともに、あらゆるニュースで取り上げられた。

いまもルミッキは、自分の写真が表紙を飾っている雑誌を、通路をはさんだ隣の席のビジネスマンが読んでいることに気づいていた。写真の中のルミッキは、ショートヘアはぼさぼさだし、煙のせいで目は真っ赤、涙を流している様子は泣いているようで、左の頬にはドアを壊したときに飛び散った木くずが浅い傷をつけている。ページをめくればチェーンソーの写真も載っているはずで、記事では〝深い森の中、大自然に囲まれて育ったフィンランドの勇敢な少女〟が、いかにしてドアを破壊したかが語られていることも、ルミッキは知っていた。

ビジネスマンが目を上げたので、ルミッキは視線をそらし、再び窓の外をじっと見つめはじめた。いまは顔も汚れていないし、服も破れていないから、隣の席の少女がだれだかあのビジネスマンも気づかないだろう。それでも、見知らぬ人から火事のことを根掘り葉掘り聞かれないよう、用心して横を向いていたほうがよさそうだった。

フィンランドに帰ったら、親戚連中もパパもママも、なにがあったのかあれこれ聞きだそうとするに決まっている。ルミッキ自身は忘れてしまいたいと思っているのに。集団自殺を仕組んでおいて、それを報道するという発想に、ルミッキは吐き気を覚えた。最大の悲劇は阻止することができたにしても。

そう、大きな悲劇は食い止められた。ヴェラ・ソヴァコヴァーは、ニュースのネタを手にすることはできたものの、その規模もインパクトも、彼女の想定をはるかに下まわっていた。死体がいくつも転がることにはならず、大スクープにはならなかったのだ。人が死ななければ、真の英雄のストーリーは生まれない。あの夜、現場には消防隊が早々に駆けつけた。年配の女性信者がやけどを負ったことが報じられたが、信者たちの半数でも命を落としてくれていれば、そんなささいなことがショッキングなニュースとして取り上げられたりはしなかっただろうに。

アダム・ハヴェルの行方は知れなかった。警察は彼を指名手配しているが、捕らえることは不可能ではないかと、少なくともイジーは推測している。アダム・スミスという名も偽名だったことが判明したのだ。あの男が実は何者なのか、情報はまったくなかった。いまこの瞬間、あの男は地球上のどこにいてもおかしくない。いまごろはまた、善良な人々を自分のまわりに集めつつあるのかもしれない。

ヴェラ・ソヴァコヴァーが、集団自殺に関わる一連の陰謀に加担していたことについては、証拠がなにもなかった。イジーは上司であるヴェラに揺さぶりをかけようとしたが、彼女の返事はこうだったという――スーパーエイトの記者になりたい人間なら、ドアの外に順番待ちの行列ができるくらい、いくらでもいる。イジーは、いつかヴェラに、その行列から自分の代わりを選んでくれといってやるつもりだ、とルミッキに語った。ただし、いますぐにではない。いまのイジーには面倒をみるべき相手がいて、そのためにお金が必要なのだ。だれかを救ったら、そのだれかに対する責任が生じる。そういって、イジーはゼレンカを引き取った。少なくともしばらくのあいだ、自分のアパートメントに住まわせるつもりだという。ゼレンカが新たな人生の一歩を踏みだすまでは。

空港に見送りにきてくれたゼレンカは、ルミッキをしっかりと抱きしめて、長いこと手を離さなかった。

「もしも、わたしに妹がいたら……」やがてゼレンカが口を開いた。

ルミッキは微笑み、うなずいたのだった。

この大きな輝かしい世界の中で
この大きな輝かしい世界の中で
この大きな輝かしい世界の中で

いまルミッキは、太陽のまぶしさと雲の白さを見つめながら、考えていた。この旅は、過去の秘密を解き明かす答えを与えてはくれなかったけれど、謎を解くヒントをくれた、と。ゼレンカの作り話は、驚くほど真実にせまっていたのだ。ルミッキはそう確信していた。

ルミッキが見る夢も、記憶も、すべて真実だった。ゼレンカはうそをついたが、そのことで真実を呼び覚ましてくれた。〈しらゆき〉と〈べにばら〉ごっこをして遊んだ記憶も、ほかの思い出も、空想の産物ではないことを、いまのルミッキは知っている。なにもかも、本当にあったことなのだ。

かつてルミッキには、たしかに姉がいたのだった。

6月23日 木曜日

サラ・シムッカ　Salla Simukka
1981年生まれ。作家、翻訳家。"Jäljellä"と続編"Toisaalla"（未邦訳）で2013年トペリウス賞を受賞し、注目を集める。おもにヤングアダルト向けの作品を執筆し、スウェーデン語で書かれた小説や児童書、戯曲を精力的にフィンランド語に翻訳している。また、書評の執筆や文芸誌の編集にも携わるなど、多彩な経歴を持つ。本作のおもな舞台であるフィンランドのタンペレ市に在住。

古市　真由美　（ふるいち・まゆみ）
フィンランド語翻訳者。茨城大学人文学部卒業。主な訳書に、レヘトライネン『雪の女』（東京創元社）、ロンカ『殺人者の顔をした男』（集英社）、ディークマン『暗やみの中のきらめき　点字をつくったルイ・ブライユ』（汐文社）など。

ルミッキ2　雪のように白く
2015年10月30日　初版第1刷発行

著　者＊サラ・シムッカ
訳　者＊古市真由美
発行者＊西村正徳
発行所＊西村書店 東京出版編集部
〒102-0071 東京都千代田区富士見2-4-6
TEL 03-3239-7671　FAX 03-3239-7622
www.nishimurashoten.co.jp

印刷・製本＊中央精版印刷株式会社
ISBN978-4-89013-966-8　C0097　NDC993